Franz Dobler

BIERHERZ

Mit 11 Illustrationen von
Barbara Weikhart

Edition Nautilus

Editorische Notiz: Franz Dobler, geboren 1959, lebt in Bayern. Für seine bisherigen Veröffentlichungen, u.a. „Tollwut" (Edition Nautilus) und „Jesse James und andere Westerngedichte" (bommas verlag), erhielt er 1993 den Bayerischen Förderungspreis und den Augsburger Kunstförderpreis. Zu diesem Buch: Die Erzählung „Letzte Runde" und das Reisetagebuch „Unten im Süden" sind neu und unveröffentlicht. Die übrigen Beiträge erschienen zwischen 1987 und 1992 in verschiedenen Zeitschriften. Barbara Weikhart, geboren 1963, Tochter eines Aschauer Braumeisters, lebt in Bayern. Arbeiten in Grafik und Malerei (hier: Sprengtechnik).

Edition Nautilus Verlag Lutz Schulenburg
Am Brink 10 · D-21029 Hamburg

1. Auflage 1994 · ISBN: 3-89401-226-9
Printed in Germany

Inhalt

Heimat ist da,
wo man sich aufhängt.
Volksweisheit

BIERHERZ

„Ich glaube an das Theater und an seine Zukunft." Hans Albers

Es gibt zwei sogenannte Bier-Krankheiten: Die eine ist der Biertripper, der nach dem Genuß großer Mengen kalten Biers im Anschluß an einen Geschlechtsverkehr eintreten kann; der Biertripper gilt allerdings nicht als echter Tripper. Die andere Bier-Krankheit heißt Bierherz. Damit wird die starke, tödliche Erweiterung der Herzkammern infolge übermäßiger Flüssigkeitsaufnahme bezeichnet. Man hat der Krankheit den Namen gegeben, weil sie in besonderem Zusammenhang zu ausgedehntem Biergebrauch steht. Als schädlich gilt ein täglicher Verbrauch von zwei Litern über einen längeren Zeitraum hinweg. Darum will keiner mehr Maurer werden. Alle wollen sie jetzt länger leben, aber vielleicht werden sie einmal alle dahergelaufen kommen und den Kapo anflehen, daß er sie Maurer werden läßt. Obwohl es immer weniger Maurer gibt, steigt der Bierkonsum stetig, von 1960 bis 1972 beispielsweise von 120 auf 189 Liter je potentieller Verbraucher; eine Entwicklung, die anhält.[1] Potentieller Verbraucher ist man ab 15; der Verkauf an Jugendliche ist aber verboten. So schaut's aus: Man wirft einen Blick auf eine Bierstatistik

1 Auch das stimmt nicht mehr, in den letzten Jahren hat sich der Verbrauch bei etwa 145 eingependelt. Überhaupt muß ich darauf hinweisen, daß diese Erzählung gelegentlich ihre Entstehungszeit nicht verbergen kann, weshalb ich, allerdings ohne großen Eifer und nur in den Fußnoten, manchmal eingreife.

und schon springt einem die Saumoral der westdeutschen[2] Politik ins Auge. Die normalen Münchner Biere haben aber sowieso nur 4%, zum Glück, sonst wären die Bayern noch blöder. Sie sind untergärig. Sind sie obergärig, sind sie stärker. Die englischen Biere sind obergärig.

Mit dem Titel *Bierherz* für mein Theaterstück meine ich aber nicht den medizinischen Ausdruck, jedenfalls nicht nur diese tödliche Erweiterung der Herzkammern, sondern benutze ihn in einem theologischen Sinn: Die erweiterte Kammer wird also zu einem großen Herz, wie man auch zu jemandem sagt, daß er eine gute Haut ist.

Dieses Vorwort hilft den Nichttrinkern, wenn auch nicht viel, den Theaterfreunden wahrscheinlich überhaupt nicht, und den Biertrinkern schadet es nichts.

Auf die Idee zu *Bierherz* bin ich im Juli 1986 gekommen. Im Laufe eines Abends hatte ich eigentlich kaum mehr als zwei Liter getrunken, aber am Ende ging es mir elend schlecht. Man gibt dem Bier leicht eine Schuld, die es nicht hat, weil einem nichts Besseres einfällt. Der Austausch zwischen alter und frischer Luft war in dieser Halle, wo das Fest stattfand, einfach schlecht, und außerdem war ich am Tag vorher schon völlig betrunken gewesen. Wenn wir als Kinder mehr Bier wollten, hat man uns immer mit der Begründung, daß zuviel Bier dumm macht, keins mehr gegeben. Aber allenfalls macht es den Dummen dümmer, und also den Klugen klüger.

Bei diesem Fest haben auch drei junge Männer etwas von sich vorgelesen, und als ich mich nachher mit einem Freund[3] darüber unterhielt, hat er gesagt, daß in allen

2 Jetzt: deutschen.

3 Lorenz Schröter; unter dem Decknamen Lorenz Lorenz hat er die Bücher *Die Einsamkeit des Amokläufers* und *Die Nacht des Fehlers* veröffentlicht. An diesem Abend näherte er sich der tanzenden Bauchtänzerin im

Geschichten Bier vorgekommen ist. Mir ist das nicht aufgefallen, für mich ist das normal. Was soll man denn die Leute in den Geschichten immer trinken lassen — nimmt man Whiskey, muß man einen Revolver einbauen, und bei Sekt wird die Beschreibung der Kleider der Weiber gleich viel zu langwierig. Bei Bier schreibt man Bier und damit hat es sich. Ich hatte an diesem Abend eine Erzählung beendet, in der das Bier ebenfalls in einer gehobenen Nebenrolle vorkommt; das Braustolz aus der DDR habe ich sie trinken lassen, aber ich habe damit ein bißchen an-

Hechtsprung und versuchte, einen Geldschein an ihrem schweißnassen Körper zu befestigen. Später drehte er vollends durch, fuhr mit dem Fahrrad um die Welt und wanderte nach Hongkong aus. Von dort schickt er mir im Juli 1993 folgenden Bericht zum Thema:

„Hongkong ist ein guter Platz zum Biertrinken. Zum chinesischen Essen paßt Tee, Cognac (Hongkong hat den größten Cognac-pro-Kopf-Verbrauch der Welt) oder Bier. Und das Wunderbare an dem chinesischen Essen ist, man bekommt keinen Bierbauch! Allerdings schwitzt man danach wie die Sau, und gegen den Flüssigkeitsverlust in den Tropen hilft kein Bier, es muß Tee oder Wasser sein. Eins der Geheimnisse des Bieres, daß es einfach nicht im Körper bleibt.

Es gibt in Hongkong Carlsberg, Heinecken, Beck's, Guinness, Löwenbräu, Blue Girl (keine Ahnung, wo das herkommt), San Miguel (aus den Philippinen). Und Tsingtao.

1897 nahm das Deutsche Reich die Ermordung dreier Missionare zum Vorwand, um die chinesische Hafenstadt Quing Dao, nördlich von Shanghai, in Besitz zu nehmen. Sie mieteten das Gebiet für 99 Jahre von China. Aber schon 1914 war Schluß, die Japaner kamen und besetzten die deutsche Kolonie. Alles, was noch an Deutschland erinnert, ist ein Jagdschloß und die Brauerei Tsingtao.

Es wird noch immer nach dem deutschen Rezept gebraut, ob nach dem Reinheitsgebot, möchte ich jetzt nicht beschwören. Allerdings ist das verwendete Wasser erster Güte und verleiht dem Bier einen leicht eisenhaltigen Geschmack. China ist der Welt drittgrößter Biermarkt, der Konsum stieg im Jahr 1992 um 20%, die Gewinne von Tsingtao haben sich vervierfacht, 1993 auf 31 Millionen Mark. Tsingtao war der erste Staatsbetrieb Chinas, der (im Juli 1992) an der Hongkonger Börse gehan-

gegeben, weil ich es überhaupt noch nie getrunken habe, aber es paßt da gut hinein und das ist alles, worauf es ankommt.[4]

In der Nacht wachte ich dann plötzlich auf, und dann brach es aus mir heraus wie bei einem Dammbruch. Nur das Herz und die Seele sind drinnen geblieben. Am Nachmittag mußte ich daran denken, warum in den Geschichten Bier immer nur nebenbei getrunken wird, und schon hatte ich die Idee zu *Bierherz* und sah gleich leibhaftig diese vier Leute vor mir, die sich über fast nichts anderes unterhalten als über Bier. Natürlich schweifen sie manchmal ab, sie sind in einer Bierlaune und viel kann einem dann einfallen.

Es ist letztlich egal, ob und wieviel Schreiben und Bier miteinander zu tun haben, haben sie, jeder, der es kennt, weiß das. Es versteht sich, daß ein Nichtbiertrinker nichts über Bier schreiben kann, und meine persönliche Meinung ist, daß es überhaupt nicht viel Dinge gibt, über die er was schreiben kann.[4]

In den folgenden zwei Tagen und Nächten habe ich in einem Zug *Bierherz* heruntergeschrieben und, wie üblich, habe ich keinen Schluck getrunken dabei, nur Kaffee.

delt wurde. Die Kapitalerweiterung um 190 Millionen Mark wurde zur Schuldentilgung in den USA verwendet, und so ist es fraglich, ob die Verdoppelung der Produktion bis 1995 auf 700000 Tonnen Bier gelingt, da das Kapital zur Erweiterung fehlt. Tsingtao macht kaum Werbung, es kommt mit dem Nachschenken auch so schon gar nicht mehr hinterher, und war trotzdem eines der bestverkauften neuen Biere in den USA.
Eins der unerklärlichen Geheimnisse des Orients ist, warum Tsingtao kein Pfandsystem hat, obwohl vier Fünftel der Produktionskosten für die grüne Flasche bzw. Dose aufgewendet werden. Bier ist in Hongkong dank der Alkoholsteuer nicht billig, aber Tsingtao ist, nach San Miguel, das billigste Bier, ca. zwei Mark für 0,7 l.“

4 Würde ich so heute vermutlich auch nicht mehr behaupten wollen.

Mit Bier bin ich, kann man fast sagen, aufgewachsen. Als ich noch sehr klein war, hat meine Mutter immer Zucker darin verrührt. Sie kann sich noch an die Zeit erinnern, als sie jeden Abend mit einem Maßkrug zum Wirt ging, um Bier zu holen; in Walleshausen bei Landsberg ist sie aufgewachsen. Ihr Vater, an den ich mich leider nicht mehr erinnern kann, war Spengler, und er konnte während dem Fahrradfahren pissen, ohne sich naß zu machen. Meine Oma betrieb einen Kramerladen, an sie habe ich nur eine einzige Erinnerung: Mama und Oma waren am Streiten; nach einer Weile umarmte ich die Oma und sagte laut, daß ich zu ihr helfe, und sie sagte, siehst du, das Kind hilft zu mir! Dann gingen Mama und ich wieder zum Bahnhof am Dorfrand, an einem trüben, naßkalten Frühlingstag, und es tut mir heute noch leid. Fünf Geschwister waren sie, ein Bruder ist in Rußland gefallen. Meinen Vater hat sie am Tag des Hitlerattentats 1944 geheiratet. Er kam aus der Wachau, aus einem Weinbauernhof, und war nie ein großer Biertrinker. In den 50er Jahren zogen sie nach Schongau, wo der Franz-Josef Strauß seine Karriere begonnen hat[5] und bis vor kurzem noch sein Wahlkreis war. Wenn die Lichtverhältnisse in dieser Gegend so wären wie die politischen, dann wäre es dort so dunkel, daß nicht mal Einzeller anzutreffen wären; das betrifft auch die SPD, denn am schlimmsten überhaupt ist der, der im Dunkeln erstens behauptet, eine Taschenlampe zu haben, zweitens diese nicht rausrückt und drittens gelogen hat.

5 Kein Zufall, daß in der auch *Tor zum Pfaffenwinkel* genannten Stadt das erste Strauß-Denkmal errichtet worden ist. Ein mißglückter, eher unscheinbarer Hinkelstein mit Kopf drauf, und nicht etwa Mittelpunkt eines Platzes, sondern an eine Hauswand gedrückt. Als hätten sie geahnt, daß es eines Tages schon noch herauskommen würde, daß Erich Honecker sein bester Freund gewesen ist.

An die Bierflaschen mit Schnappverschluß kann sogar ich mich noch gut erinnern. Sie sind aber bald verschwunden, weil ihre Herstellung viel teurer kam als die von Flaschen mit Kapselverschluß, und erst viel später kamen sie wieder in Mode. Bier war also unser Hausgetränk, aber viel gesoffen wurde nie, und mein Vater ging selten öfter als mit mir am Weihnachtsnachmittag in die Wirtschaft.

Vielleicht war ich vierzehn Jahre alt, als ich einmal mit meinen Eltern einen *Tatort* im Fernsehen anschauen durfte. Ich kann mich deshalb genau erinnern, weil es die erste angedeutete Fickszene war, die ich gesehen habe. Der Böse lag im Bett auf einer Frau und die Bettdecke war über ihnen und am Auf und Ab konnte man sich denken, was er mit der Frau machte. Manchmal war ihr Busen zu sehen, wenn er zu einem neuen Stoß ausholte und sich hochstemmte. Das Zimmer war verkommen. Am Kopfende des Bettes war ein Regal an der Wand und dort stand eine offene Flasche Bier. Plötzlich unterbricht der Böse sein Tun, verharrt im Liegestütz, greift sich mit einer Hand die Flasche, setzt an, stellt sie wieder ins Regal zurück und macht mit der Frau weiter. Mehr weiß ich von dem Film nicht mehr. Ich glaube, es lag nur an diesem Bier, daß meine Mutter das nicht mit Schweigen übergangen hat. So ein Saubär, sagte sie. Aber weggeschickt wurde ich nicht.

Nach meiner Erfahrung haben Mädchen nicht so ein Verhältnis zum Bier. Fast alle, die ich kenne, trinken weniger, und dann bevorzugen sie Wein, Sekt oder auch Mixgetränke. Die Mixgetränke kann ich am allerwenigsten ausstehen. Die Mädchen denken wohl, daß sie gleich einen Bierbauch bekommen. Aber vom Bier allein kriegt man keinen Bauch! Natürlich gibt es genug Lokale, in denen auch alle Frauen Bier trinken. Aber die sehen so aus, daß man wirklich zu der Meinung kommt, sie sollten besser keins trinken. Das liegt nicht am Bier, das liegt daran, daß Bier billig ist. Die Männer dort sehen auch nicht anders aus. Das schlimmste aber ist, wenn man nach Bier süchtig wird; die Unmenge, die dann gesoffen werden muß, kann kein Mensch verkraften.

Bier hat nie diese Was-Besonders-Eleganz wie Sekt.[6] Genaugenommen ist Bier grober und unbarmherziger und gerechtester Kommunismus.[7] Vielleicht ist es das, was die Mädchen auch ein bißchen daran stört. Sie begreifen leichter, daß der Mensch es sich auch mit puren Äußerlichkeiten gutgehen lassen können muß. In dem Roman *Träume von Babylon. Ein Detektivroman 1942*[8] von Richard Brautigan kommt allerdings eine dieser klassischen Krimisuperblondinen vor, und die schüttet Bier in sich hinein, aber weder wird sie betrunken, noch riecht sie aus dem Mund danach; es reicht nur zu einer Komödie. Ein Mädchen, das Bier säuft und nicht irgendwann betrunken ist, gibt es nicht. Sie stinkt nach Bier und wird nur noch von anderen Biertrinkern geküßt.

Anscheinend will sich niemand die Mühe machen, ei-

6 „Dieser miese Muntermacher, der genau jene Gemütslage herstellt, in der man die Deutschen schon immer am meisten zu fürchten hatte: Stimmung", schrieb Jörg Fauser in seinem Aufsatz *Sekt ist Schwund* (*Tip* 19/83), erbost über Meldungen, daß „der brechreizerregende Geruch dieses schaumigen Gesöffs" immer mehr Menschen anlockt. Zurecht fragte er sich „wozu wir Sekt brauchen, wenn wir Bier haben". Außerdem weist er darauf hin, daß einer der „obersten Verbrecher" der Nazis, Alexander von Ribbentrop, seit 1938 Außenminister, nicht zufällig „ein Vertreter der deutschen Sektwirtschaft" war.

7 Auch kein geringerer als Gottfried Benn hat sich da unmißverständlich ausgedrückt: „Die Götter müssen aus Salz und Durst bestehen, die so Unvergleichliches gaben."

8 Der Roman erschien zunächst im gleichnamigen Verlag seines Übersetzers Günter Ohnemus (München 1983), drei Jahre später dann bei Eichborn, mit dem Hinweis *Deutsche Erstausgabe*.

nen Aufsatz über das Bier in der Literatur zu schreiben. Unsereins hat keine Zeit dazu. Und die, die sich von Berufs wegen darum kümmern sollten, sollten das bestimmt nicht tun, weil sie sich besser um den ihnen gemäßen Scheiß kümmern.

Das Bild vom intellektuellen Biertrinker gibt es nicht. Das Foto von Graf[9] und Brecht, wie sie 1943 in New York sitzen und der Graf den Brecht mit seiner um die Schultern gelegten Hand schier niederdrückt, der Prolokoloß den schmächtigen Kopfprolo, und vor sich haben sie diese Trümmer von Humpen, dieses Bild paßt da nicht, weil beide nicht für diese Intellektuellen herhalten können. Der Ernst Jünger würde mir da passen, aber ich kann mich nicht erinnern, in einem seiner Werke einem Bier begegnet zu sein, abgesehen natürlich von den theoretischen Schriften in *Annäherungen*[10]. Und in *Autor und Autorschaft* meint er, daß das Bier gut ist „für Stimmungen mittleren bis groben Behagens, in denen sich vulgäre Ideen ausbreiten." Da ist was Wahres dran. In seiner frühen Erzählung *Sturm* spielt der Wein eine Rolle, und das bringt mich, ohne daß es etwas miteinander zu tun hat, auf ein anderes Bild, nämlich das vom besseren Weintrinker und dieses Am-Abend-ein-gutes-Glas-Wein-genießen und die Ohren in den Ohrensessel drücken und in einem guten Buch lesen. Ihr wißt schon, was ich meine: „Das ist Kohl!", wie Herbert Wehner den Kohl nach einer Rede im Bundestag einmal angefaucht hat, als Kohl noch ein Depp aus der zweiten Garnitur war und noch nicht der große

9 Ich interessiere mich nicht besonders für Theaterbücher. Aber sein *Wunderbare Menschen*, das die Abenteuer einer kleinen Kommunistenbühne Anfang der 20er Jahre erzählt, ist bestimmt das schönste.

10 Untertitel: *Drogen und Rausch*. Vgl. die Kapitel *Bier und Wein*, Teil I S. 82 ff., II S. 124 ff. Oder auch *Zum Grobianismus*, S. 134 ff.

Herzeigedepp. Der einzige Wein, dem ich verbunden bin, ist der Grüne Veltliner aus der Wachau, der ist nicht nur billig, sondern auch gut und stark und sauber.[11] Ansonsten war ich froh über diesen Weinskandal, der die ganze Sache endlich einmal geradegerückt hat. Denn vom Prinzip her betrifft das nicht nur den Billigwein. Das Gefummel mit den guten Jahrgängen ist doch bloß ein weiterer Mist, durch den der kommunistische Eisenbesen Bier einmal fahren müßte. Spaten taugt dazu allerdings nicht, denn das ist das schlimmste von all den halbscharigen Münchner Bieren. Das muß man sofort wegschütten, ein Bier wie Bayern. Man muß wirklich kein Feinschmeckergetue um Bier machen. Der Ober kommt und man darf ein Schlückchen probieren ... Weg mit dem Dreck. Die schlechten Biere werden einfach ignoriert. Pöttmes, mein lieber Gott. Die Mittleren kann man trinken, weil es eben dann doch wieder ein Bier ist. Und über die Guten freut man sich halt besonders, über die Starkbiere, die englischen und das Andechser, Beck's und Budweiser und natürlich nicht zu vergessen das königliche Guinness, das Benzin der irischen Revolution, über die wir am liebsten bei Sean McGuffin lesen, von dessen Büchern[12] die Asche wohl bald bis zum Ende aller Tage in Sicherheitsverwahrung gegeben werden wird. Und von den Dosenbieren ist mir Tucher am liebsten.

11 Dem einfachen, aber natürlich sympathischen Weintrinker hat John Fante mit seinem Roman *Unter Brüdern* ein Denkmal gesetzt („It is better to die of drink than to die of thirst").

12 Der Roman *Der Hund* und die gesammelten Erzählungen *Der Mann, der mit Chuck Berry getanzt hat*. Der Mann, der heute als Rechtsanwalt in San Francisco lebt, Mitglied der internationalen Untersuchungskommission zum Tod von Ulrike Meinhof war und angeblich Prediger der Church of the Red Devils ist, wird nicht unzutreffend als Wiedergeburt von Brendan Behan angesehen.

Mit den Dosen ist es eine reine Stilfrage, ebenso, ob man jetzt Halbe- oder Drittelflaschen lieber mag. Mit den Dosen ist es keine Stimmungssache, wie meistens angenommen wird; es ist eine Stilfrage. Dem Inhalt des ZK-Songs *Dosenbier:* „Flaschenbier — nicht mit mir! Dosenbier — wollen wir! Bier aus dem Faß ist was ich haß'! Dosenbier — wollen wir!"[13] kann ich so zwar nicht zustimmen, aber der Künstler muß sich ja immer übertrieben ausdrücken, um sein Anliegen auf den Punkt zu bringen, und insofern ist was Wahres dran. Zuhause sind mir Dosen am liebsten. Ich habe lange überlegt, ob ich das hier hinschreiben soll; weil ich sonst ja auch total gegen Rohstoffverschwendung bin. Aber jeder hat doch eine Schwäche, und ich werfe auch keinen Stein auf das Mädchen, das mir weismachen wollte, daß sie gegen Bier allergisch ist. Der gebildete Leser wird mir jetzt vorwerfen, daß ich das mit den Dosen nur von Bukowski habe und daß es nur eine Macke ist. Ist es nicht; es hat nur etwas mit dem Äußerlichen, also der Dose selbst zu tun. Ich bin kein Bukowski-Fan, auch wenn ich denke, daß er besser schreibt, als man mittlerweile annimmt. In einem Brief[14] hat er mal von dem „good bavarian beer" gesprochen, und man müßte jetzt wissen, welches er genau getrunken hat, um zu wissen, was man von ihm halten soll.

In der Literatur und bei den Literaten hat aber der Schnaps den größeren Ruf. Eine Auflistung der Toten würde Seiten füllen. Zu den Opfern gehört der walisische

13 Auf: LP *Eddie's Salon* (Düsseldorf 1981). Zu dieser Veröffentlichung, die immerhin eine durchaus zeitgemäße Interpretation von Serge Gainsbourgs *Je t'aime* zu bieten hat, äußerte sich einer der Mitwirkenden: „Auf dieser Platte haben wir wirklich nur Scheiße gemacht." Und so wurden aus der Punkrockcombo um Frontmann Campino dann Die Toten Hosen.

14 In: *Der Container verändert die Landschaft* (Augsburg 1985, S. 9).

Dichter Dylan Thomas, dessen persönlicher Rekord nach eigenen Angaben bei 18 Gläsern Whiskey pur stand. Das Bier hat er natürlich auch geliebt und ihm sein schönstes Gedicht gewidmet:

„Den Geschmack von Bier, den mag ich! Den lebendigen, weißen Schaum auf einem Meer von durchsichtiger Bronze. Ich mag es, wenn das schräg geneigte Glas die Lippen stürmt, und dann das langsame Hineintrinken, bis auf den Grund, das Ausschlürfen, das Salz auf der Zunge, ein Tropfen im Mundwinkel. Dasselbe nochmal, Fräulein."

So habe ich auch gleich die Probleme des Übersetzens einmal kennengelernt. Ein Beispiel, damit man nicht denkt, ich will mit meiner Übertragung angeben: Das „Meer von durchsichtiger Bronze" mag für „brass-bright depths" nicht die schlechteste Lösung sein; aber der doppelte Boden von „brass", bei dem Dylan die im Englischen gebräuchlichen französischen Wörter „brasserie" (Bierstube) und „brassière" (Büstenhalter) mitschwingen läßt, wollte mir nicht gelingen.[15]

Mancher wird sich schon langsam fragen, ob dieses Vorwort zu *Bierherz* nicht unnötiges Geschwätz ist. Ich verstehe ihn. Ich glaube aber, es erfüllt seinen Zweck, einen Hintergrund zu schaffen, der für ein besseres Verständnis erforderlich ist, bei denen, die nicht schon alles wissen. Nehmen wir einmal die Stelle im Stück, wo der Möslerbiwi[16] von seinem Mädchenpech erzählt und der Hans darauf schlicht antwortet: „Ach komm, die

15 Für alle, die es besser wissen wollen: I like the taste of beer, its live, white lather, its brass-bright depths, the sudden world through the wet-brown walls of the glass, the tilted rush to the lips and the slow swallowing down to the lapping belly, the salt on the tongue, the toam at the corners. Same again, Miss.

16 dt. Bübchen aus dem Moos.

Mädchen." Mancher wird sich dann nichts dabei denken, hat er aber meinen Absatz über Mädchen und Bier gelesen, weiß er, was Hans meint.

Ein anderer mag sich fragen: Warum schreibt er denn nichts über das Weißbier? Ich kann nicht viel dazu sagen. Manche vergöttern es richtig, trinken überhaupt kein anderes Bier. Ich erinnere mich an einen Zeitungsartikel, wo geschildert wurde, daß dem Strauß seine Marianne, als sie noch gelebt hat, vor diesem Autounfall, der nie genauer untersucht wurde, vielleicht hat sie ja was gewußt, ihrem Franz-Josef nach einer stundenlangen Rede ein Weißbier brachte, es ihm vor den Augen der Öffentlichkeit neben dem Rednerpult einschenkte und er es dann ausgetrunken hat. Wer sich bei uns in Bayern nicht auskennt, wird dem keine Bedeutung beimessen; doch das sind die Sachen, warum Strauß schon so lang die Nummer Eins in Bayern ist. Wer aber wird ihm nachfolgen? Ich rutsche auf bloßen Knien nach Altötting, wenn uns Stoiber erspart bleibt.[17] Das sieht doch jeder, daß eine Halbe Andechser Doppelbock reicht, um dem sein Intelligenzquotientlein unter die Meßbarkeitsgrenze zu treiben. Ausschauen tut er ja wie so ein Lehrer, und deshalb nehme ich an, daß er weiß, daß es in Japan bis ins Mittelalter die schöne Sitte gegeben hat, nach der beim Tod eines Herrschers seine engsten Gefolgsleute Selbstmord begehen mußten.

Biergärten interessieren mich gar nicht. Sprengt man sie in die Luft, hat man schon fast ganz Amerika besiegt.

17 Und kann mich nicht darüber freuen, daß mir diese Tortur erspart geblieben ist. Jetzt haben wir die Sauerei daliegen, „der ausgewiesene Rassist Stoiber" (Franz Schönhuber) ist an der Macht. Daß die Reinheit des deutschen Biers nicht von EG-Richtlinien ins Reich der Vergangenheit geschickt wurde, das haben wir seinem couragierten Vorgänger Max Streibl zu verdanken.

Mit dem Oktoberfest ist es nicht anders. Sogar das Anspucken von Polizisten ist nicht mehr so billig wie damals, als Herbert Achternbusch seinen *Bierkampf* gedreht hat.

So, von all diesen Dingen sollte man wenigstens mal was gehört haben, bevor man *Bierherz* liest.

Wenn jemand schon vorher im Stück selbst geblättert hat, denkt er womöglich, daß das ja gar kein Theaterstück ist, weil es nicht wie ein Theaterstück geschrieben ist, wo immer zuerst der Name des Sprechers steht und dann kommt sein Text. Es ist nur so, daß normale Theaterstücke für mich unlesbar sind, weil ich verrückt werde, wenn ich immer den Namen und den Doppelpunkt lesen muß, bevor ich den Text lesen kann, und manchmal sind es sogar mehr Namen und Doppelpunkte als Text. Logischerweise mußte ich das in meinem eigenen Stück anders machen. Namen und Doppelpunkte fehlen, in *Bierherz* steht nur der Text. Nach jedem Absatz wechselt die Person, und der Leser muß sich selbst denken, welche der am Anfang des Stücks erwähnten Personen den jeweiligen Text spricht. Da ich den Personen auch keine äußerliche Beschreibung oder Charakterisierung mitgegeben habe, kann der Leser seiner Phantasie freien Lauf lassen.

Ich glaube nicht, daß ich viel lüge, wenn ich behaupte, daß *Bierherz* das am leichtesten zu inszenierende Theaterstück ist, das es jemals gegeben hat. Denn ein Regisseur kann damit tun und lassen, was er will, nur den Text darf er nicht anrühren. Es gibt nicht eine Regieanweisung, es gibt nur vier Personen und ihren Text, und wenn er meint, er kann sich nur drei Schauspieler leisten, dann soll das auch kein Hindernis sein, das Stück wird davon nicht zerstört.

Ich bin schon gefragt worden, ob die fehlenden

Regieanweisungen nicht daher kommen, weil ich selbst keine Ahnung habe, wie *Bierherz* und sein Personal aussehen soll. Das stimmt nicht. Müßte ich *Bierherz* selber herzeigen, dann würden der Hans, der Möslerbiwi, der Joe und der Rainer als ziemlich normale Männer um einen Tisch sitzen. Im Hintergrund ist eine Theke mit einer Bedienung. Die vier reden los, wie es dasteht, und sie reden, als würden sie es gerade zum zweiten Mal ablesen. Sie können es aber auswendig, und sie machen auch kein großartiges Gesicht dabei. Das Bier wird in Flaschen ausgegeben, damit nicht die Zuschauer vom vielen Einschenken abgelenkt werden. Andererseits ist gar nicht gesagt, wieviel im Stück getrunken wird. Vielleicht ist es weniger, als man denkt. Der eine verträgt viel, der andere wenig. Der eine redet immer dummes Zeug, ein anderer nichtmal, wenn er stockzu ist. So stelle ich mir mein *Bierherz* vor.

Ich kann es mir auch ganz anders vorstellen, denn für das Auf-die-Bühne-bringen ist die totale Inszenierungsfreiheit der springende Punkt.[18] Nicht nur die Personen und ihre Art und ihr Ausdruck sind jedem Textteil beliebig zuzuordnen; ich gebe auch keine Anweisung, die irgendeinen Faktor von Zeit und Ort betrifft. Der Regisseur kann *Bierherz* zwei Tage dauern lassen. Was weiß denn ich, was die Burschen machen, bevor sie wieder einen Satz herausbringen. Und irgendwann schlafen alle, im Publikum werden Decken verteilt und am Morgen geht es weiter. Er macht mein Stück damit zwar kaputt, auch wenn manche Sätze am Morgen sicher einen interessanten Beigeschmack bekommen, aber er kann das machen und vielleicht hat er

18 Der Satz ist so vollkommen schlecht formuliert, daß er stehenbleiben muß.

damit sogar einen Riesenerfolg, weil man ihm abkauft, daß es supermodern ist und diese provisorische Nacht im Theater für das Publikum ein toll direktes Erlebnis ist. Einem Freund von mir ist was Ähnliches passiert: Kürzlich hat er sich bei mir wieder gemeldet und ich frage ihn ganz besorgt, wo er denn so lang gewesen ist, ob er im Krankenhaus war. Aber er hatte sich nur was von Syberberg angeschaut. So macht man mein *Bierherz* zwar kaputt, aber ich stelle es trotzdem frei, wie ich freistelle, wie der Regisseur die Schauspieler sprechen und spielen läßt. Wenn er denkt, er hat so riesige Talente, daß sie beweisen müssen, daß sie besser als jeder Betrunkene betrunken sein können, und überhaupt ist alles so schön echt, daß man denkt, man sitzt wirklich in einer Wirtschaft, dann soll er das ruhig machen. Er kann auch seine Spieler mit dem Publikum auf eine Ebene bringen, alle sitzen an Tischen und können sich Bier bestellen. Wer das machen will, der hat sicher auch die Idee, daß er das Stück lange nicht anfangen läßt, damit alle herumsitzen und überlegen, wer denn nun die Schauspieler sind. Ich halte das zwar für üblichen Theaterblödsinn, aber von mir aus. Ein Regisseur kann auch die vier Burschen in einen Dschungel aus überdimensionalen Bierflaschen stecken, sie irren verzweifelt umher und gelegentlicher Stroboskop-Einsatz verdeutlicht ihre Situation; jaja, die Regisseure mit der Lederjacke, das sind schon die ganz die Wilden.

Ich hoffe aber, daß es jemanden gibt, der mit *Bierherz* etwas Gutes auf die Beine stellen will und sich hinsetzt und nachdenkt und sich die totale Inszenierungsfreiheit zu Nutzen macht und schließlich auf die Idee kommt, daß *Bierherz* in einem Puff spielen kann. *Vaterland*, mein erstes Theaterstück, spielt übrigens auch im Puff und wurde von der Zeitschrift *Theater Heute* gleich als „Terroristen-

Thriller" und „sex-and-crime-Heftchen" gelobt. Puff kommt immer gut.[19] Die Damen sitzen also herum und tun ganz gelangweilt, oder falls man dieses Klischee nicht mehr verwenden mag, dann spielen sie eben vergnügt Karten oder streiten sich. Nur sprechen dürfen sie natürlich nichts, denn das ist meine einzige Regel, an die sich jeder Regisseur zu halten hat, daß nur die vier genannten Hauptpersonen den Text sprechen.

Da sitzen die vier also drin und unterhalten sich über Bier und alles, worauf man kommt, wenn man sich über Bier unterhält. Von Zeit zu Zeit kommt eine der Hübschen an ihren Tisch und einer steht auf, um mit ihr zu gehen, oder der Hans schüttelt den Kopf und der Joe geht mit. Oder drei Hübsche kommen an den Tisch und alle vier gehen mit. Sie verschwinden über eine Stiege nach oben in kleine Zimmer. In einem größeren Theater ist das ja sehr schön machbar. Dort oben treiben sie es, und je nachdem, ob das Theaterhaus mal wieder einen Skandal braucht, sieht das Publikum ihnen dabei zu. Ich wäre dafür, daß man mit einem Operngucker soviel wie in Pornofilmen sieht, denn wenn ich es recht verstanden habe, hat das Theater auch viel mit Sehen zu tun, aber die wenigen Male, wo ich im Theater war, habe ich mich meistens gelangweilt, aber vielleicht hat es ja mit was anderem mehr zu tun. Wenn ich die Leute anschaue, die ins Theater rennen, vor allem in die nobleren Häuser, dann denke ich, daß es mit was anderem doch mehr zu tun hat. Diese Scheißläden werden mit aberwitzigen Summen gefördert und doch gehen sowieso nur die reicheren Säcke hinein. Das gehört zu den großen Sozialverbrechen des ausgehenden 20. Jahr-

19 Aber der Einfachheit halber und wohl auch, weil man eben nicht jung und wild bleibt, habe ich dann mein letztes Theaterstück *Der gute Johnny der Dreckskerl* 1992 gleich ins Theater gelegt.

hunderts. Das Geld muß denen gestrichen werden und per Gesetz arbeiten die ganzen klunkerbehängten Reiche-Geldsäcke-Huren die nächsten zehn Jahre als Klofrauen auf den Hauptbahnhöfen der Republik.[20] Und wenn mit diesem Dreck aufgeräumt worden ist, dann haben die fähigen Köpfe zu schauen, wie es mit dem Theater weitergehen soll. *Bierherz* will ein Beispiel geben, daß die Annahme, Theater funktioniere nur mit viel Geld, ein Riesenblödsinn ist. *Bierherz* braucht keinen Aufwand, um optimal zu funktionieren, nicht mal eine Bierflasche. Jedenfalls hat derjenige meine volle Unterstützung, der denkt, *Bierherz* müßte in einem Puff spielen.

Das bringt mich auf ein Beispiel, das bestens verdeutlicht, wie man mit dem Text umgehen muß, damit etwas dabei herauskommen kann. Im Stück kommt die Stelle, wo nur noch Biernamen auftauchen, und immer ist ein Absatz zu jeder neuen Biermarke, das heißt, jede neue Marke wird von einer anderen Person gesprochen:

Schwarzbräu, Paulaner, Spaten, Hacker, Löwenbräu, Augustiner, Budweiser, Jever, Herrnbräu, Pöttmes, Beck's, Schultheiss, Guinness, Trainer, Tucher, Kaltenberger, Andechser, Erdinger, Weihenstephaner, Dachauer, Braustolz, Tuborg, Aktienbräu, Dortmunder Union, Waitziger, Warsteiner, Königspilsener, Berliner Kindl, Gottmannsgrüner, Herrngiersdorfer, Parkbräu, BBK, Hofbräu, Ayinger, Moy, Thurn und Taxis, Monninger, Sinner, Hasenbräu, Schneider, Dinklacker, Meierbräu, Billy's, Dreher, Wührer, Fixbier, Hellas, Keler, Hannen, Gatzweilers Alt, xxx, Diebels, Tecate, Clausthaler,

20 Zumindest die erste meiner Forderungen wird ja nun langsam in die Tat umgesetzt, eine der wenigen positiven Begleiterscheinungen des neuen Deutschland.

Flensburger, Grünbacher, Kulmbacher, Schrempp, Welsh Bitter, Meisel, Henninger, Eku, Törring, Unertl, Reichl, Rapp, Karg, Binding, Carlsberg, Kilimanjaro, Stroh's, Kinizsi, Polar, Hövel, Skibsøl, Tatran, Black Beard, Suntory, Dalila, Budvar, Busch, Wiesheu, Coors, Shiner, Hofbräu, Lion Lager, Zipfer, Möve, Holsten, Patrizier, Greifenklau, Tsingtao, Blue Girl, Heinecken, San Miguel, Alpirsbacher, Ottakringer, Gösser, Lammsbräu, Kropf, Estrella, Efes.

Das ist zweifellos eine einfache, übrigens sehr unvollständige Aufzählung, die zunächst den Anschein von gar nichts macht, wie ein billiger Effekt aussieht, wie sie gern in der Avantgarde verwendet werden. Der Schein trügt. Was machen die vier denn? Sie machen ein uraltes Spiel.

Jeder muß eine Biermarke sagen und wem keine mehr einfällt, der muß die ganze Zeche zahlen. Und was geht dabei vor sich? Jeder kennt natürlich einige Biermarken. Aber je länger das Spiel dauert, desto schwerer fällt einem eine ein, die Biere werden ausgefallener. Jemand sagt Aktienbräu, das wohl nur jemand aus der Gegend um Kaufbeuren kennt. Dann ist der nächste dran. Es entsteht eine Pause. Es fällt ihm nichts ein. Wie eine Göttin schwebt eines der Puffmädchen an den Tisch und lockt gerade ihn, mit ihr zu kommen. Er freut sich über den zeitlichen Aufschub und läßt sich an der Hand in eines der Zimmer im oberen Stockwerk ziehen. Die drei übrigen Freunde sitzen um den Tisch und drehen ihre Flaschen. Nach einer zeitlang erscheint der vierte oben auf der Treppe und während er sich noch die Hose zuknöpft, sagt er:

„Efes!

Kann's vielleicht einmal weitergehen.

Wenn nichts kommt, mußt du halt länger warten. In der Zeit kommt's mir ja fünfmal.

Das arme Ding.

Er will halt was haben für sein Geld.

Efes! Und du kommst dran.

Ich sag's ja immer: Wenn man zu lang stößt, kommt das Hirn mit raus. Und das Gefährliche ist, daß man es nicht sieht. Hast' mich?

Du bist doch das beste Beispiel.

Jetzt setz dich her und trink einen Schluck.

Efes sag ich, und jetzt laß dir was einfallen oder zahl die Zech.

Efes, Efes! Deinem Arsch erzählst du das. Mumps sag ich, so und jetzt bist du dran.

Efes ist ein türkisches, du Depp.

Und Mumps ist eines aus dem Senegal.

Das gibt es, das Efes. Fahr doch hin, es schmeckt auch nicht schlechter.

Weiberpisse sauf ich.

Depp.

Wenn er's sagt.

Wenn er's sagt.

Viel sagt er.

Efes sag ich.

Jetzt lassen wir es gelten und dann fragen wir morgen den Ahmed und wenn er gelogen hat, dann muß er die Zech doppelt zahlen.

Mumps."

Meine Frau sagt mir gerade, daß dieses Textbeispiel dem widerspricht, was ich vorher über den beliebigen Ort gesagt habe, weil vom Text her deutlich wird, daß es nur in einem Puff spielen kann. Das stimmt nicht. Es funktioniert schon, wenn nur einer von der Bühne geht. Ich will überhaupt nicht behaupten, daß ein Puff der ideale Ort für die Darstellung von *Bierherz* ist.

In den letzten zehn Jahren hat es ja in Bayern eine Bewegung gegeben, die für sich in Anspruch nahm, *Das Andere Bayern* zu sein. Zum Beispiel haben sie Volksmusik von der Art, wie sie in Fernsehsendungen wie *Die lustigen Musikanten* präsentiert wird, zur Hölle geschickt[21], und stattdessen dem Roider Jackl zu neuer Anerkennung verholfen; sie haben völlig recht.[22] Aus dieser Ecke mag ein Regisseur kommen und in *Bierherz* etwas entdecken, das ihn veranlaßt, es in einer ganz ultradumpf bayrischen Wirtschaft spielen zu lassen. Er sieht sich dann vor das Problem gestellt, wer die immer wieder auftauchenden, sehr intelligenten Textstellen sprechen soll. Das ist überhaupt kein Problem! Die vier sitzen um einen Tisch und bei ihnen sitzt irgendeiner, der wie ein Student ausschaut. Der hat ein Buch auf dem Tisch liegen und einer von den anderen blättert immer wieder darin und liest Sätze daraus vor und dann lachen sie, was das für ein Schmarrn ist, und dann bekommt der Student eine aufs Maul, weil es schließlich sein Schmarrn ist. Aber er kann doch nicht einfach gehen, weil er akzeptiert werden möchte und außerdem Angst hat, daß sie dann beleidigt sind und ihn erst recht verhauen.

Also wenn das nicht echt daherkommt, wie in einem Stück vom Kroetz Xaver kommt das doch. Dem sein *Bauern Sterben* habe ich erst gesehen. Es gehört schon was dazu,

21 Vgl. dazu auch die Volksmusik-Abschlachtorgie *Reichsparteitag und Bauernstube* von Georg Seeßlen in seinem Buch *Volks Tümlichkeit* (Untertitel: Über die gnadenlose Gemütlichkeit im neuen Deutschland; Greiz 1993): „Die Volksmusiksendung und die populistische Wahlveranstaltung gleichen einander nicht von ungefähr in ihrem ‚Sound', in ihrer Stimmung, in ihrer Dramaturgie. (...) Es ist die perfekte Imitation des faschistischen Rituals. Nur der Führer fehlt. Aber er ist mitten unter uns. (...)" (S. 44).

22 Siehe aber auch bei Herbert Achternbusch, in: *Land in Sicht*, S. 90:

zwei Geschwister vom Land zu nehmen, sie in die Stadt zu schicken und dort gehen sie vor die Hunde wie in einem Stück aus den 20er Jahren. Aber es war saugrob und zur Hälfte hatte sich schon ein Drittel der Besucher nach draußen getastet.

Für *Bierherz* ist der Witz mit dem Studenten aber schon ein bißchen mager. Wer in dieser Richtung inszeniert, der wird wohl auf die Idee kommen, daß das vier Leute sind, die Bier ganz schön aggressiv macht. Sie packen also irgendwann die Kellnerin und ziehen sie über den Tisch und dann wird sie von einem jeden vergewaltigt, g'stessn, wie der Bayer zu sagen pflegt. Und zuguterletzt wird der Student gezwungen, es genauso zu machen, aber das ist ihm zuviel, und wie eine Bombe detoniert sein letzter Rest Ehre und er, man bedenke die Doppelbödigkeit, denn sie ist ja schon viermal gestoßen worden, er verteidigt sie und dann packen sie ihn und zerschlitzen ihn mit abgebrochenen Bierflaschen. (Verstehen Sie, was ich meine? Ein Theaterstück ist ja nicht nur der Text, sondern auch das Drumherum!) Wem das zu altbekannt ist, der soll folgenden Vorschlag bedenken:

Die vier Hauptpersonen sind alte Männer. An der Wand hängen große Bilder von Kurt Eisner und Ernst Toller, zwei der führenden Männer der 1918/19er Revolution in Bayern, die vom SPDler Noske blutig niedergeschlagen wurde; das wird der SPD nie vergessen

„Während ich so vor mich hinmosere, wer taucht da auf? Einer von der Aktion Dasanderebayern. Und was sagt er? Er sagt, daß sie meinen Beitrag *Blutentnahme* in ihrem Lesebuch zu einem Freistaat nicht gebrauchen konnten, weil der Staatssekretär Glotz bangt, der Bundesjustizminister Vogel (beide SPD, A.d.V.) könnte eventuell meinen Beitrag lesen und vielleicht meinen, was ich geschrieben habe, sei gegen die Polizei. Schleich dich!"

werden, und mir fällt auch nichts ein, womit sie das wieder gutgemacht hätten.[23] Der Student schneit also herein. Es gefällt ihm überhaupt nicht, aber draußen regnet es wie der Teufel. Er trinkt ein Bier und sieht sich im Raum um und entschließt sich, daß die vier alten Knacker kein Hindernis sind: Er dreht die an der Wand hängenden Bilder von Eisner und Toller mit dem Ausdruck tiefster Verachtung um. Das hätte er nicht tun sollen. Diese alten Männer mögen es nämlich nicht, wenn man den Schweiß und das Blut und die Tränen ihrer Vergangenheit so behandelt. Sie machen ihn nieder. Das paßt dann allerdings nicht zur Vergewaltigung der Kellnerin. Oder doch?

Eine Regisseuse aber mag mit dem *Bierherz* auf ganz andere Ideen kommen. Überhaupt halten Frauen meine beschriebenen Möglichkeiten für das Stück vielleicht für übliche Männerphantasien. Gemach, Frauen! Ich bin voll auf eurer Seite! Eine Frau kann bedenkenlos den letztgenannten, den dumpfbayrischen Vorschlag hernehmen, wenn ihr daran liegt, daß die vier Männer ziemliche Deppen sind, und sie Bier und Biertrinker sowieso nicht ausstehen kann. Sie wird sich freuen, daß sie mit *Bierherz* einmal ordentlich zeigen kann, daß Biertrinker eklige Kerle sind. Sie saufen und saufen und die zweite Hälfte des Stücks lallen sie den Text nur noch und machen einen Haufen Dreck auf der Bühne — Saumänner sind sie und man versteht richtig, warum es mit einer Welt so weit kommen mußte, in der die Männer das Sagen haben.[24] Bei entsprechendem

23 Und es wird immer schlimmer und mehr denn je muß die Forderung heißen: Alle rauf auf die Titanic und ab gehts zum Eisberg.

24 Ich möchte betonen, daß ich es uneingeschränkt begrüße, wenn jemand in seiner Inszenierung die Probleme, die im Zusammenhang mit Alkohol auftreten können, zum Ausdruck bringt. Dem Interessierten

Publikum oder Frauenhaus-Vorstellungen ist das sicher ein Mordsspaß. Oder der Regisseuse stinkt überhaupt alles mit den Männern und vor allem, daß sie auf dem Theater so viele Rollen besetzen, und sie macht folgendes, und wer immer noch nicht kapiert hat, wie unglaublich groß die Freiheit der Inszenierung von *Bierherz* ist, der kapiert es jetzt: Sie nimmt einfach für die vier Hauptrollen Frauen. Der Kellner kann ruhig männlich sein. Auch hier bieten sich unzählige Möglichkeiten, denken wir nur einmal an die Puffvariante; mit herumlungernden Schönlingen müßte es im Nationaltheater ein todsicherer Skandal werden.

Man kann *Bierherz* auch mit zwei Ehepaaren besetzen. Aber ich habe diese spezielle Problematik im Text nicht berücksichtigt; da muß man sich dann schon viel einfallen lassen.

Bierherz kann natürlich auch auf einem Autofriedhof spielen, in einem gynäkologischen Wartezimmer oder in einer Berghütte. Es können von mir aus alte Tanten spielen oder Grenzbeamte. Penner sorgen im Theater immer für besondere Aufmerksamkeit. Ein Neunmalkluger kann es auch so machen, daß sie lange weiße Gewänder tragen und Lorbeerkränze und im antiken Griechenland dieses Stück einstudieren, und sie haben gewisse sprachliche Probleme damit, die natürlich für Heiterkeit sorgen. Das kommt beileibe nicht nur bei althumanistischen Schulklassen an. Es spricht auch nichts dagegen, keine echten

empfehle ich das Buch *Kriminologische Probleme des Alkohol- und Drogenmißbrauchs* (Heidelberg 1982), wo der Münchner Professor Wilhelm Feuerlein in seinem Aufsatz *Die Phänomene von Sucht und Abhängigkeit am Beispiel des Alkoholismus* einige neuere Untersuchungen zitiert, die nachweisen, daß die Berufsgruppe der nichtleitenden Angestellten am wenigsten vom Alkoholismus betroffen ist.

Schweine über die Bühne laufen zu lassen. Alle Personen können Nazi-Armbinden tragen; jeder Regieneuling ist bestimmt froh, wenn er auch einmal die deutsche Vergangenheit aufarbeiten darf.

Der letzte Schrei auf dem Theater aber sind ja jetzt die Punker.[25] Ich begrüße den mit Handschlag, der das Wagnis eingeht, ein Held ist er, weil er versucht, das Leben auf die Bühne zu bringen. Vorgestern hat man den Punker in der Straßenbahn bestaunt und morgen sieht man ihn schon auf der Bühne, daß man dann auf der Straße gar nicht mehr die Nase rümpfen mag. So werden gesellschaftliche Vorurteile und Unruhen gleich im Keim erstickt — diese Verantwortung hat das Theater!

Es ist mir ganz wurscht, wie das *Bierherz* schließlich einmal auf der Bühne steht.[26] Das Theater interessiert mich wenig. Das Theater hat einen Sauruf. Ich weiß nicht, ob *Bierherz* da was helfen kann.

Es ist mir egal.

25 Werden heutzutage gern durch Skinheads ersetzt.

26 Kein Wunder, daß ich nach dem Abdruck in einer bekannten Theaterzeitschrift (11/87) einen Sack Leserpost bekam. Hier nur eine Stimme von vielen: „Ich bin freie Regisseurin und auf der Suche nach einem Stück für mein nächstes Projekt. Bitte, schick mir doch Dein *Bierherz* mal, ein Stück, mit dem man soviel anstellen kann, interessiert mich natürlich sehr. Hast Du vielleicht noch mehr interessante Sachen in der Schublade?"

DIE REINE WAHRHEIT

Bevor du ein frisches Glas Bier in die Hand nimmst, um es anzutrinken, sollst du deine Stirn, dein Herz und dein Geschlecht berühren. Aber mach nicht aus Versehen das Kreuzzeichen dabei, denn es ist nicht Gott, sondern es sind *die Götter*, denen das Brauen das liebste Geschäft ist. Gott trinkt nicht, denn er hat keinen Schwanz, aus dem er pissen könnte. Dein eigenes Geschlecht aber berühr vor dem Trinken nicht zu lang, sonst wird dir das Bier lack.

Zu den Mönchen hat Gott gesagt: Braut, was das Zeug hält! Für euch selbst, daß euer Schwanz immer besoffen ist, und für die anderen, daß sie aus dem Pissen gar nicht mehr herauskommen. Immer, wenn ihnen der Kopf sagt, daß er jetzt einmal etwas nachdenken will, dann muß sofort die Blase brüllen, daß sie jetzt geleert werden muß; denn Deutschland ist das Land, an dem ich Gefallen gefunden habe, und von Pisse und dem anderen Dreck, mit dem der Mensch angefüllt ist, soll es überlaufen, und die Bayern sollen die Bademeister sein und aufpassen, denn nicht ersaufen sollen die Deutschmenschen, sondern fröhlich plantschen und lallen und glücklich sein sollen sie und im Vollsuff dahinvegetieren bis ans Ende ihrer Tage!

Und die Mönche machten, was Gott ihnen befohlen hatte, und weil die Mönche die besten Gottsoldaten sind, kamen sie von selbst auf die Idee, auch ein Bier zu brauen, das besonders stark ist, sie nannten es das Hochsicherheitstraktator[1], daß keiner kommt da lebend raus.

Gott war zufrieden mit seinen Mönchen, die ganze Arbeit leisteten, und es gefiel ihm auch, als die fröhlichen Biertrinker das andere Volk, zu dem er einmal in einer launigen Stunde gesagt hatte, daß er es auserwählt hätte, ins Feuer schickten. Denn die Geschichte ist lang, und man kann nicht immer der Sieger sein. Außerdem liebt Gott das Theater — wäre er hier bei uns, er wäre ein fröhlicher Theatergänger, denn Theatermachen heißt für ihn: unterhalten, faszinieren, erstaunen. Und Gott war erstaunt über dieses Volk, das kichernd den Gashahn aufdrehte, und Erstaunen heißt Abwechslung und Abwechslung heißt Unterhaltung. Denn die Ewigkeit ist lang, und man kann nicht immer die Bibel lesen.

So vergingen die Jahre. 1949 durfte sich Deutschland ein neues großes Bier bestellen. Arbeit macht nicht nur frei, sondern auch durstig, und sie hatten viel gearbeitet.

Zu mir aber hat Gott gesagt: Du, der du immer so gescheit daherreden willst, gehe hin und sag ihnen einmal die Wahrheit.

Ich sag sowieso immer nichts als die Wahrheit, sagte ich störrisch zu Gott.

1 Nicht selten werden wir mit der Tatsache konfrontiert, daß es gute Gesetze gibt, so auch hier: Für die Biersorte Doppelbock sind mindestens 18% Stammwürze gesetzlich vorgeschrieben, was einem Alkoholgehalt von gut 7% entspricht (das Verhältnis von Stammwürze zu Alkoholgehalt ist allerdings ein beliebtes Streitthema. Mir unerklärlich die Behauptung bei Paul Friedl: „Der Salvator hat bei 18,57% Stammwürze schon 5,19% Alkohol." In: *Das bayerische Bierbüchl*; S. 38, Grafenau 1977). Erfunden wurde das Gerät mit katholischer Gewitztheit Anfang des 17. Jahrhunderts, um die Fastenzeit erträglicher zu gestalten, denn Flüssiges bricht das Fastengebot nicht. Nachdem sich die Paulaner-Mönche den Namen Salvator hatten eingeben lassen, wurde das *ator* zur Pflichtendung für alle Hersteller bis heute. Die jüngsten Vertreter heißen etwa Gladiator, Automator oder Terminator.

Lüg nicht, sagte Gott gelassen, denn Gott weiß alles, und ich mußte ihm recht geben und, wie die Mönche, tun, was er befohlen hat. Mit gesenktem Haupt ging ich weg, denn ein Schriftsteller mag keine Befehle bekommen[2], und deshalb kann es ihn auch nicht freuen, daß er bei Gott natürlich eine Ausnahme machen muß. Aber gutmütig wie er ist, schenkte er mir die Eingrenzung, mit der Wahrheit beim Bier zu bleiben, und deshalb beginnt dieser Text mit der Wahrheit, wie ein frisches Glas Bier anzutrinken ist, und wer trinkt, ohne den Schaum vom Glas geblasen zu haben, über den haben die Hexen Gewalt, und die Hexen sind es auch, deren Ärger du dir zuziehst, wenn du dein Glas bis auf den letzten Tropfen austrinkst, denn sie sammeln diese Bierreste und stärken sich damit.

Die Mönche aber sind nur Gottes dumme Handlanger, denn zu einer Zeit, als sie, am ganzen Körper behaart, Baumrinde und rohe Schildkröten fraßen, Jahrhunderte bevor sie anfingen, nachdenklich an Bäumen hochzusehen, Jahrhunderte bevor sie dann auf die Idee kamen, auf diese Bäume zu steigen, um Jahrhunderte später wieder herunterzukommen und sich jedes Haar einzeln auszureißen, haben die Sumerer schon Bier getrunken, eine Sprache und eine Schrift erfunden, um aufzuschreiben, wie das Bier zubereitet werden soll, das ihnen am besten schmeckt, und die ersten Leute aufgehängt, die gegen das Reinheitsgebot verstoßen haben — 2700 Jahre bevor Gott dahinterkam, wie das geht, sich einen Sohn zu machen. Der Sohn aber hatte sein Leben lang an Schluckauf zu leiden, denn obwohl seine Eltern es ihm nicht gesagt hatten, wußte er, daß Gott sein Geschäft nicht selbst besorgt,

2 Vgl. *Handwörterbuch des Deutschen Aberglaubens*, Berlin/New York 1987 (unveränderter Nachdruck der Ausgabe von 1927–42, Berlin/Leipzig).

sondern einen anderen dafür angeheuert hat.

Du aber, wenn du beim Biertrinken so einen Schneckel bekommst, dann zieh daraus keine voreiligen Schlüsse, sondern steck ein Messer ins Glas und laß es ein wenig ziehen, dann vergeht der Schneckel wieder. Bist du aber mit einem Mädchen am Tisch, das einen Schneckel hat, dann mußt du dir mit dem Messer deinen linken Zeigefinger aufschneiden und mit dem Blut die Klinge einreiben, ehe du sie in ihr Glas steckst. Sollte sie dir aber nicht glauben, daß das hilft, oder sogar entrüstet sein, dann geh sofort davon, denn sie wird dir auch sonst nie was glauben und immer entrüstet sein.

Auf keinen Fall aber steck das Messer in sie hinein, sei es aus Ärger oder damit ihr der Schneckel vergeht, denn sonst ergeht es dir wie den drei jungen Burschen, die vor 300 Jahren in Wohlau hingerichtet worden sind, denn sie hatten die Herzen von drei vergewaltigten Mädchen pulverisiert und von diesem Pulver anderen Leuten ins Bier getan, denn sie glaubten, daß diejenigen, die davon trinken, ihnen nachlaufen werden, hinein in den Wald, um dann beraubt und ermordet werden zu können. Die Herzen dieser drei Verbrecher wiederum wurden ebenfalls zu Pulver verbrannt, und dieses Pulver wurde, aufgrund einer Beschlußfassung des Stadtmagistrats, an notleidende, kinderreiche Familien verteilt, denn man war der Meinung, daß dieses Pulver, in warmem Bier verrührt, ein Heilmittel gegen Bettnässen ist; aber dieses Pulver half nichts, denn, und das war nicht nur in Mecklenburg allgemein bekannt, es ist nur das Pulver einer verbrannten Maus, das in der Verbindung mit Bier gegen Bettnässen hilft.

Aber nicht nur durch Herzausreißen wurden die Körper der Verbrecher geschändet: Doch darüber wußten nur der Totengräber und seine hübsche Tochter Bescheid, die ihm bei dieser Arbeit helfen mußte, sowie drei Männer, die ihr Schweigen gern und teuer bezahlten.

Gut, ich gebe zu, daß die hübsche Totengräberstochter meine Erfindung ist.[3]

Jedenfalls aber hat man den drei Gehängten jeweils die Vorhaut abgeschnitten, denn es ist die Vorhaut eines Gehängten ins Bierfaß hineinzutun, wenn die Wirtsgeschäfte schlecht gehen, und, laß dich nicht täuschen, auch daran hat sich bis heute nichts geändert.

Es gibt Wahrheiten, die können töten, es gibt aber auch Wahrheiten, die das Leben angenehmer machen. Entgegen meiner früheren Überzeugung, daß Frauen in der Regel auf Bier so anspringen wie ich auf die bayrische Justizministerin Mathilde Berghofer-Weichner[4], erkenne ich jetzt mehr und mehr, daß Bier ein Getränk wie für Frauen geschaffen ist, und zumindest diese Beziehung nicht so sein müßte, wie sie ist.

Wenn du dich also, um mit dem überhaupt größten Problem der Menschheit zu beginnen, in einen Mann verliebst, der nicht richtig Feuer fangen will, was nichts sagt, weil die meisten Männer sowieso schon völlig verblödet sind, dann laß nur ein wenig von deinem süßen Speichel in sein Bierglas hineintropfen, und schon bald darauf wird

3 Eine Person, die mich zu faszinieren scheint (vermutlich ist der Hinweis auf *Femme Fatale* von Lou Reed angebracht und daß sich Nico, ganz in weiß, in einem Konzert kurz vor ihrem Tod charmant weigerte es zu singen). Sogar ein Gedicht habe ich auf sie geschrieben, es heißt *Grabstein* und geht so: Nicht/jeder Henker hat/eine hübsche Tochter/die kein Blut sehen/kann. In: *Jesse James und andere Westerngedichte* .

4 Im Gegensatz zum Oktober 1989, als diese Prosa geschrieben wurde, begutachtet die Dame heute vorwiegend Radieschen, allerdings immer noch von oben.

er es auch in dich, und nur dich, hineintropfen lassen. Sollte es dir in der darauffolgenden Zeit passieren, daß du im Beisein anderer ein Glas Bier umstößt, sei es aus Absicht oder nicht, dann überspiel das nicht mit einer munteren Bemerkung, sondern geh sofort weg und geh in dich, denn du bist schwanger.

Solltest du dich entscheiden, das Kind nicht haben zu wollen, dann gibt es, als eine von mehreren, die Möglichkeit, daß du ein Glas Jungbier trinkst. Im Elsaß ist dieses Abtreibungsverfahren alte Tradition. Glaub aber nicht, daß das ohne Schwierigkeiten zu machen ist, schließlich gibt es Jungbier nicht im Handel zu kaufen, denn Bier ist in diesem Stadium nicht gerade ein Genuß. Du wirst also einen Weg finden müssen, in eine Brauerei hineinzukommen. Ich will aber nicht gesagt haben, daß diese Methode so sicher oder unsicher wie die medizinische ist, oder daß die Durchführung so leicht oder schwer wie die legale oder illegale ist. Es ist immer schwierig, sich in Frauenangelegenheiten hineinzumischen, und du sollst das auch nicht als Hineinmischen verstehen.

Fest steht allerdings, daß man eine schöne Haut bekommt, wenn man sich mit Weißbier wäscht; aber selbst wenn du dich, zum Beispiel aus Geldgründen, nur an den nötigsten Stellen mit Weißbier gewaschen hast, solltest du dich vor dem Ausgehen nochmal gründlich mit Wasser waschen, und wenn du beim Ausgehen gezwungen bist, dich mit einem Mann abzugeben, dem du nicht oder nur sehr ungern den Gefallen tun willst, dann rate ich dir, einen Bierdeckel auf dein Bierglas zu legen, denn wenn es ihm gelingt, unbemerkt in dein Glas hineinzuspucken, dann wirst du dich bald selbst hinlegen.

Ich aber, ich sitz da mit einem dunklen Weißbier, denn das macht die innere Haut schön, und ich hab keine Zeit, dir zu helfen, falls dein merkwürdiger Begleiter tatsächlich auch die anderen fiesen Tricks kennt, denn mit einem wachen Ohr bin ich draußen und warte auf den Tag, an dem die Alpen herunterkommen, hoffentlich an einem Samstag, damit wir ordentlich viel Gschwerl[5] dabei loswerden, und mit dem anderen Auge muß ich Gott zuschauen, der um seinen ganzen Besitz mit dem Teufel gewettet hat, daß ich nicht nichts als die reine Wahrheit schreiben werde.

Und jetzt steht er am Ende des Tresens dieser teuren Bar[6] und säuft sich mit seinem letzten Geld die Hucke voll.

5 dt. Pack, Gesindel. Hier: Deutsche Touristen, vor allem die aus dem bayrischen Flachland.

6 Das Bild geklaut aus dem Gedicht *Pantopon Rose* von Jörg Fauser („Vier Jahre später, das gleiche Spiel, dieselbe Schreibmaschine und derselbe Zorn, und ich stehe am Ende des Tresens einer teuren Bar und trinke mein Geld weg ..."). In: *Trotzki, Goethe und das Glück*, S. 74, München 1979.

KEIN BIER FÜR DEUTSCHLAND

Nicht erst kürzlich hat Ernst Jünger auf den Zusammenhang zwischen Getränk und Charakter, zwischen Volksseele und Volksgetränk hingewiesen. Die Klischees vom feinsinnigen Franzosen und vom grobschlächtigen Deutschen haben auch mit den bevorzugten Alkoholika zu tun.

Der Deutsche trinkt Bier, und sein Land nennt alle Welt das Land des Bieres.

Was das heißt, das hat keiner so radikal dargestellt wie Karl Valentin, indem er sich so fotografieren ließ, daß der Boden des an den Mund gehaltenen, fast schon geleerten steinernen Maßkrugs zu seinem Gesicht wird. Ein Gesicht mit gar nichts drin, ein Wahnsinniger, der mit einer Plastiktüte voll Handgranaten ein voll besetztes Lokal als Geisel nimmt, um gegen das unglaubliche Sozialverbrechen anzukämpfen, daß der Bierpreis schon wieder um zwei Pfennig gestiegen ist. Diese Aufnahme[1] korrespondiert optisch, aufgrund der Verschmelzung von Subjekt und Objekt, Mensch und Trinkgefäß, mit einer anderen aus meiner Sammlung: Gottlieb Hering, SS-Obersturmführer und Kommandant des Konzentrationslagers Belzec, hält sich einen vollen Glaskrug Dunkles mit prächtiger Schaumkrone an den Mund. Das Glas also

1 in: *Karl Valentin — Volkssänger? Dadaist?* (München 1982, S.115). Die Aufnahme entstand 1942.

senkrecht gehalten, es verdeckt seine untere Gesichtshälfte und einen Teil des Oberkörpers in Uniform. Es sieht aber auf den ersten Blick so aus, als würde er nichts als Schaum an seinen Mund halten, das dunkle Bier ist unsichtbar, denn die Farbe von Bier und Uniform ist fast identisch. Was natürlich auch an der schlechten Aufnahme liegen mag.

Ich will mich aber nicht wie so viele andere mit historischen Fotografien aufhalten, wo einem schon die deutsche Gegenwart ein Höchstmaß an Aufmerksamkeit abverlangt, wenn man den Anschluß nicht verpassen will. Sonst heißt morgen der Oberchef Pfarrer Eppelmann oder wie der heißt, und dann will wieder keiner was gewußt haben.

Der Deutsche trinkt Bier — aber natürlich nicht einfach nur so! Nein, an die erste Stelle der Weltrangliste haben sich die Westler gesoffen, und somit sind wir nicht der Nabel der Welt, sondern ihr Bierbauch. Und es kommt noch dicker, denn auf dem undankbaren zweiten Platz abgeschlagen, wie es sich gehört, liegen die Ostler. Was für eine Vereinigung. Ich muß dabei an früher denken, an einen furchtbar dicken Freund unserer Familie, der dann eine kaum weniger dicke Frau geheiratet hat, und wenn ich die beiden sah, taten sie mir immer leid, weil sie niemals das Glück einer ganz normalen Reinsteckvereinigung erleben würden.

Dieses eine Mal ist es übrigens erlaubt, einen zweiten Platz einen undankbaren zu nennen, denn unsere Brüder und Schwestern müßten eigentlich an der Spitze stehen — sie mußten dem ehemaligen Klassenfeind nur deshalb die Weltbiertrinkführung überlassen, „weil sie nicht mehr bekommen" konnten. Auch das ein Skandal, dessen rückhaltlose Aufdeckung wir dem *Spiegel* verdanken, in dem seine Mitarbeiter ja schon seit Monaten ihre hübschen

Gesichter stolz begutachten und hineinfragen wie die böse Königin bei Schneewittchen: Wer ist der schönste im ganzen Land? Der Westen ist's, im Osten war alles Schmant![2]

Die deutsche Vereinigung führt also zumindest schon mal zur absoluten Weltherrschaft in Sachen Biertrinken, auch wenn die Partei DBU, die Deutsche Biertrinker Union, bei den letzten Wahlen in der DDR mit 0,02%[3] eine schwere Niederlage hinnehmen mußte, was aber allein auf den gnadenlosen Druck zurückzuführen ist, den die CSU auf die Bevölkerung ausübte: Die DBU-Forderungen — Schwerter zu Bierhumpen! Aufhebung der Polizeistunde! Anhebung der Mindestrenten! — wurden von der CSU mit der Behauptung niedergeknüppelt, bei der Partei würde es sich um ein Stasi-U-Boot handeln.[4] Sehr frei, die Wahlen, wenn so auch der Dümmste kapieren muß, daß im Fall einer starken DBU-Wahl die Grenzanlagen schneller wieder instandgesetzt gewesen wären, als er seinen Wahlnachtsrausch ausgeschlafen gehabt hätte.

Die Geschichte hat uns hinreichend gelehrt, und sie hört auch nicht auf damit, daß ein in Bedrängnis geratener Kapitalist zu allem fähig ist (im Gegensatz zum Kommunist in gleicher Lage, was in den letzten Monaten selbst unverbesserliche Antikommunisten gelernt haben dürften), und deshalb halte ich den Verdacht für berech-

2 Mit einiger Überraschung muß ich also meinem Vater doch noch recht geben, der mich, als ich noch ein Teenager war, mit dem Hinweis, daß das ein Lumpenblatt ist, vom regelmäßigen Kauf dieser Illustrierten abbringen wollte.

3 Ich verlasse mich bei dieser Zahlenangabe trotz einer Unstimmigkeit auf die *Süddeutsche Zeitung*, die zunächst 0,41% gemeldet hat, zwei Tage später, am 21.3.1990, dann auf diese 0,02% korrigierte.

4 Der gelegentlich ironische Tonfall mag zur Annahme verleiten, daß das eine Erfindung von mir ist. Das ist nicht der Fall.

tigt, daß die westdeutsche Brauindustrie maßgeblich an diesem Coup Ein-Volk-ein-Reich beteiligt war, ihn vielleicht sogar als Hauptschuldiger zu verantworten hat. Denn schon seit Jahren kämpft sie mit allen Mitteln gegen den stagnierenden, teilweise sogar zurückgehenden Bierumsatz: Erfolglos! Darüber können auch die steigenden Umsätze mit alkoholfreiem und -armem Bier nicht hinwegtäuschen. Aufblasbare Maßkrüge wurden erfunden, Dosen mit Henkel. Die Verzweiflung der Branche war nicht nur dem Fachmann verständlich: der Biertrinkführer der Welt, und vor der eigenen Haustür bleibt die Profitrate einfach stehen.

Als dann im Herbst letzten Jahres mit den ersten großen Flüchtlingsströmen aus dem Osten unseres leidgeprüften Landes sofort auch der Bierverbrauch deutlich anstieg, war die Parole klar: Pump ab das Bier in die DDR! Drei Trümpfe glaubt das Brausyndikat des Westens jetzt in der Hand zu halten: Im Osten gibt es erstens zu wenig und nur schlechtes Bier; außerdem hat es da zweitens einen hohen Anteil an Schnapstrinkern, die aber, so schätzt man, leicht zu bekehren sein werden. Und wenn die Gewinnkurve dann immer noch nicht nach oben geht (man kennt ja die Leute: Wir trinken lieber unser schlechtes Bier, weil wir das schon immer getrunken haben!), dann ist das Syndikat drittens auch zu schärferen Maßnahmen bereit. Über die dortigen Braustätten „kann man nur mit der Planierraupe drübergehen“, erklärte einer der großen Brauereimanager.

Lassen wir die naheliegende Frage außer acht, wie die Welt vor Deutschland gerettet werden kann, dann heißt die Frage, wie ist Deutschland noch zu retten?

Man muß sich nur einmal vorstellen, was die Kiste enthält, die jetzt vernagelt wird, Griesgrämler und Witzfiguren enthält sie. Daß die Ostler keinen Spaß verstehen, haben sie, trotz der massiven Drohung, mit der unverständlichen Ablehnung der DBU bewiesen. Daß den Westlern nichts mehr bedeutet als der Spaß an billigen Witzen, beweist schon der Siegeszug von Leicht- und Nullbier. Zwei hochgradige Bierländer, deren Insassen dennoch total verschieden sind! Wenn das nicht verdammt nach Dynamit riecht![5]

Deshalb haben wir nach einer Lösung gesucht und sie nach vielen Debatten auch gefunden. Die deutsche Vereinigung[6] darf nur stattfinden bei gleichzeitig in Kraft tretendem Bierverbot, Alkoholverbot überhaupt, und zusätzlich Fahrverbot für Privat- und Lastfahrzeuge. In zwei Wochen ist Deutschland ein, egal wie, ziemlich verlassenes Land. Ruhe. Paradies. Und die Grenzen so dicht, daß keiner von dem Haufen je zurückkommen kann. Um dieses Schauspiel erleben zu dürfen, würden wir uns den kleinen Finger abhacken, vielleicht sogar noch mehr. Da waren Jack Daniels, Johnny Walker und ich einer Meinung. Es heißt immer, daß es keine Utopien mehr gibt. Hier ist eine, für die es sich zu kämpfen lohnt.

5 Ich darf also wohl für mich in Anspruch nehmen, einer der frühen Mahner gewesen zu sein, daß die staatlich verordnete Vereinigungseuphorie jeder Grundlage entbehrt!

6 „Dabei wäre, wie so oft im Leben, das Desaster zu vermeiden gewesen, wären wir nur beim Naheliegenden geblieben, beim Bier. Als ob das Bier nicht alles hätte, was wir Deutschen brauchen (...), um mit beiden Füßen fest auf der Erde zu bleiben, wenn das Leben uns stürmisch kommt (...)". Hier hat Jörg Fauser allerdings, man kann es nicht anders sagen, kräftig danebengehauen. Die Ereignisse ab 1989 mußte er aber nicht miterleben, drei Jahre vorher wurde er von einem Lastwagen totgefahren. An dieser Stelle der Hinweis, daß es ein wenig bekanntes Fan-Buch gibt mit Briefen, die er im Lauf von 30 Jahren seinen Eltern geschrieben hat: *Ich habe eine Mordswut* (Frankfurt 1993).

Bier verdirbt[7] den Charakter. Es führt nur — um auch zum Schluß Ernst Jünger zu zitieren[8] — „zu Stimmungen mittleren bis groben Behagens, in denen sich vulgäre Ideen ausbreiten."

Unsere Länder, unser Land ist der Beweis.

7 Worauf überraschenderweise auch in der neueren Popmusik immer öfter hingewiesen wird. So heißt es im Lied *Bier* der österreichischen Kapelle Attwenger: „mia haum uns scho bsunna mia doan wos uns gfreid. schteng aum vormitag auf & daun vaged die zeid. doan oiwei fesch singa daun oiwei recht schrein (...) i dring sunst 6 hoibe foid a fosttog daun drei daun dring i nua 5i ob litta miaßns sei (...) beim hoamgeh auf da promenad do hods mi daun zuwidrahd do hob i daun staunzn glernt bei da latern. i hob de trottln augschaud & i hob recht glocht. sie san ned so dumm is grod sgwaund a so gmocht. i wia gaunz dumm. sbier bringt mi um. & waun i schtiab is ois wengan. göbs bier i kenn di scho du host as mein vodan dau hiatzt dads das mia leck mi in oasch du deppads bier." Auf: *Luft* (München 1993).

8 Rein aus Gründen der literarischen Symmetrie, versteht sich! Eine Diskussion, wie sie auch zu Schreiben und Leben von Louis-Ferdinand Céline, Knut Hamsun, Gottfried Benn immer wieder gern geführt wird, würde den Rahmen hier sprengen.

UNTEN IM SÜDEN

30.3. Letzter Tag in Deutschland. Ein Grund zur Freude, sollte man meinen, aber mich hat die Frage gequält, ob das Reiseziel korrekt ist, oder ob wir uns nicht doch zu Komplizen im Kampf gegen Castro machen. Das ging soweit, daß ich anfing zu überlegen, ob ich mich im Bedarfsfall nicht rausreden könnte, daß ich nur nachprüfen wollte, ob solche wie Joschka Fischer vielleicht doch ein wenig recht haben könnten mit der Behauptung, die USA würden seit der Wahl von Bill Clinton zum Präsidenten von einem Linksrutsch verwüstet.

Schließlich schaffte ich es, mich damit zu beruhigen, daß ich kein Tourist bin, sondern bloß einer, der zur Arbeit fliegt, ein Mitglied der Avantgarde der Modernen Internationalen Arbeiterklasse, schönes Gefühl.

Um dieses ekelhafte Packen rauszuschieben, habe ich mich dann am Abend mit Heinz verabredet. Ich dachte, der hätte was Nützliches zu sagen, wo er schon mehr als die halbe Welt unsicher gemacht hat. Jahrelang mußte ich mich von ihm belächeln lassen, weil ich nie weiter als bis zum Gardasee gekommen war und auch nie den Drang spürte, das ändern zu wollen. Also hatte ich mit seiner Bewunderung gerechnet und nicht damit, daß er sich als erstes an die Stirn tippte, USA! Von all seinen Ländern das einzige, das er nie wieder betreten will, nicht geschenkt. Ein Haufen Horrormeldungen und zuletzt die beste: Das Bier ist die reine Pisse, schales Zeug, Hopfenbrause, ich will dir was sagen, die nehmen Reis zum Brauen, manche sogar Mais, ausgerechnet du dahin! Daß er schon am dritten Tag in Miami von zwei schwarzen Halunken zum Rückflug überredet worden ist, hat nicht er mir erzählt.

Es ist weit nach Mitternacht, und ich kann immer noch nicht packen. Und nochmal die Nadel auf *Promised Land* von Johnny Allan mit Belton Richard am Akkordeon, hallo, hier spricht der, der ins Gelobte Land wollte, ich bin jetzt dort, ich armer Hund.[1]

31.3. Liebes Tagebuch, zum ersten Mal in meinem Leben schreibe ich, während ich in einem Flugzeug sitze, was aber sogar nur Zufall ist, ich wollte eigentlich ein Diktaphon benutzen. Habs vergessen, weil ich in aller Früh und in fünf Minuten packen mußte, und das ist gut so. Mir ist klar geworden, daß man ein ziemlich dummes Bild abgibt, wenn man in so ein Ding reinredet.

Der Mist von gestern ist weg, ich fühle mich bestens, sicher auch, weil die Zeitung voll mit guten Nachrichten ist. Ein paar barmherzige Menschen haben sich im Namen von Katharina Hammerschmidt (?) zusammengetan und der „humaneren Zukunft" des hessischen Strafvollzugs in Weiterstadt[2] mit einer Ladung Dynamit ein menschlicheres Antlitz gegeben. Und auch Clint Eastwood ist für sein Können und seinen Humor belohnt worden. Sein Film *Erbarmungslos* hat (Gene Hackman als König der Nebendarsteller eingerechnet) die vier Oscars bekommen,

1 Ohne Nadel zu hören auf *Swamp Music Vol.V: Krazy Kats — Louisiana Swamp Pop&Rock* (München 1990).

2 „Hochsicherheitstrakt, u.a. zur Sonderbehandlung in Kleingruppenisolation, Absonderung von HIV-Positiven und an AIDS erkrankten Gefangenen sowie als Abschiebeknast für abgewiesene Flüchtlinge. Erbaut auf mit chemischen Giften verseuchtem Gelände." (*Die Aktion*, Nr. 105/108, S. 1721).

die für *Honky Tonk Man* auch schon berechtigt gewesen wären.

Viel wichtiger aber ist, daß ich ausgerechnet heute mein literarisches Lebensziel erreicht habe! Einmal im Feuilleton der *Frankfurter Allgemeinen Zeitung* Beachtung finden! Und sogar mit einem dicken Lob! Da hätte einer seinen Roman im „holzigen Jargon seiner amerikanischen Vorbilder“ geschrieben. Und so sitzt also doch noch ein rundum zufriedener Mann in der Boeing und träumt von dem schön aufgebeigten Holz vor der Hütte der leicht verschlampten Blondine, die bei prallster Hitze an einer einsamen Straßenkreuzung am Getränkeautomaten vor ihrer Tankstelle lehnt und ihm eine eiskalte Dose *Schlitz* mit einem gefährlich gehauchten „Hallo Fremder“ zuwirft, noch ehe er seine Sonnenbrille abnehmen kann. Ihre Lippen sind feucht und hungrig, und ihr kleiner Bruder, der im Schatten eines zerbeulten Oldsmobile Cabriolets hockt und Mundharmonika spielt, ist so schwachsinnig wie Kevin Costner als Bodyguard im gleichnamigen Film, mit dem sie uns den teuren Flug versaut haben, und ich frage mich, ob es auf der ganzen Welt einen weißen Leibwächter gibt, der bereit ist, nicht nur die Kugeln für einen Schwarzen, sondern auch noch die für Whitney Houston mit seinem Körper aufzufangen.

Wenn's umsonst was zu trinken gibt, bin ich immer mißtrauisch.

Dummkopf, hörte ich da plötzlich. Sie hatte mitgelesen, aber offensichtlich nur die letzten paar Zeilen.

Fliegen jetzt über Grönland, eine perfekte Luftaufnahme mit Sonnenschein, und ich stelle mir vor, daß wir schon seit Wochen dort unten herumsitzen nach einer Notlandung, und keiner traut sich mehr zu schlafen, weil die Lebensmittel ausgegangen sind.

1.4. Natürlich bläst einem schon im Flughafengebäude der Jazz entgegen, und auch die Straße in die Stadt New Orleans rein, diese Perlenkette aus fremder Leuchtreklame interessierte mich wenig in dieser Nacht. Ich hatte ein Auge auf den Taxifahrer, ein schwarzer und schweigsamer Mann. Er kannte keine Mazant Street, hatte keinen Stadtplan und die Uhr nicht eingeschaltet. Wenn mal was aus seinem Mund kam, dann klang das nicht nach Englisch, und am Rückspiegel hingen Perlenketten, ein Holzkreuz und eine kleine Puppe.

Ich hatte genug von Hubert Fichte gelesen, um zu wissen, daß wir ein Voodootaxi erwischt hatten. Es kurvte lauernd und ratlos durch die Innenstadt und zerteilte dann die Menschenmassen im Vergnügungsviertel French Quarter, bis es schließlich in einer verdächtig ruhigen Dreispurigen an den Straßenrand fuhr. Durchs Rückfenster beobachtete ich, wie der Fahrer zu ein paar schwarzen Jungs (Bande) ging, die vor einem Laden herumstanden (lungerten). Nach einigen Worten rollten sie an. Am ersten Abend! Das durfte einfach nicht wahr sein, diese Schande, und nur zehn Sekunden für eine gute Idee, einen rettenden Satz, mein Onkel war ein Brieffreund von Malcolm X.

Dann ging alles sehr schnell. Ich drehte die Scheibe runter, und ehe einer von ihnen den Mund aufmachen konnte, hatte ich schon gesagt:

– Ice-T statt Louis Armstrong![3]

Das war's. Zwanzig Jahre den Kopf mit amerikanischer

3 Vgl. *Spex* 5/92: „Ice verteidigt sich so gut er kann und er kann gut, der Mann ist ein geborener Volksredner, der jedem gibt, was er will, ohne seine Zentralbotschaft aufzugeben, daß er der Gangster sei, der es sowohl zum radikalen Politiker gebracht habe wie zum snowboardfahrenden Yuppie." (Diedrich Diederichsen).

Musik vollstopfen war nicht umsonst gewesen.

Und so konnten wir also doch noch die Beine auf dem Balkon des Mazant Gästehaus ausstrecken und uns über den kühlen Wind wundern, der vom Mississippi herüberwehte und seinen Geruch mit sich trug, und auch dem Bier war nichts Schlechtes anzumerken, außer daß es *Busch* hieß und mich an Georg Bush denken ließ, und daß es die CIA war, die den bisher größten bekannt gewordenen Drogenschmuggel auf deutschem Boden durchziehen wollte. Mit dem Milliardengewinn aus den fünf Tonnen hätten 1985 die Contras in Nicaragua unterstützt werden sollen. Der Coup ging schief, aber wer dahinter steckte, wußte die deutsche Polizei nicht.[4]

Mein Versprechen, keine deutsche Zeitung zu lesen.

Der große Propeller über dem großen Bett, und aus dem Irgendwo von vorgestern ein paar Verse Tom Waits, and listen to that tenor saxophone calling me home and I can hear the band begin when the saints go marchin in by the whiskers on my chin New Orleans I'll be there.

2.4. Der erste Blick auf den Stadtplan ließ mich aufheulen, mehr verpatzt als unser Einstieg kann keiner sein: Ohne es zu bemerken, waren wir nicht auf einer x-beliebigen Straße

4 Nach: Jürgen Roth: *Die Mitternachtsregierung — Wie westliche Geheimdienste internationale Politik manipulieren. Ein schonungsloser Report.* (München 1992, S. 12). Vgl. dazu auch US-Filmregisseur Abel Ferrara (*Die Frau mit der 45er Magnum, King of New York, The Bad Lieutenant* u.a.): „Es ist doch ein offenes Geheimnis, daß Oliver North und George Bush und diese ganzen Typen Drogen gegen Waffen tauschen. Das macht mir solche verdammte Angst! Die werden fett davon und erzählen dann, ‚Oh Mann, wir haben ja so ein schlimmes Drogenproblem'. Das kümmert die doch in Wirklichkeit einen Dreck! Für all die Leute, die die schon auf Drogen gebracht haben, könnte man sie 30 Jahre in den Knast stecken." In: *Dark Stars — 10 Regisseure im Gespräch.* (München 1992, S. 63).

in die Stadt gekommen, sondern auf einem Asphalt, der nicht weniger wertvoll ist als die Überreste der Berliner Mauer.

Highway 61
besungen von Bob Dylan
verfilmt von Bruce McDonald[5]
verpaßt von mir.

Der Busfahrer stopft den Geldschein für die Fahrkarte mit einer Art Lineal in den Kasten. Auf einem Schild steht, daß er selber auch nicht an das Geld im Kasten rankommen kann. Im Bus fuhren ausschließlich Schwarze. In der Linienmaschine von Atlanta nach New Orleans saßen fast nur Weiße.

In einem Supermarkt verschaffte ich mir einen ersten Eindruck über das Biersortiment, das als farbenprächtiges Kunstwerk aus Dosen herumstand. Ich war ratlos. Mehr als den einen Anhaltspunkt, daß die Marke nicht das Brandzeichen *Light* tragen sollte, hatte ich nicht. Zum Glück kamen bald drei junge Schwarze dazu, bei deren Anblick ich mich gleich wie zuhause fühlte, die Baseballkappen verkehrt auf, die hohen Turnschuhe unverschnürt.

Sie fingen eine lautstarke Diskussion an, welches Bier sie mitnehmen sollten, und zwar so: Jede Marke, die einer vorschlug, wurde von den andern beiden mit knappen Ausrufen wie „Vergiß es" oder „Scheiße" beantwortet. Ich wartete gespannt auf die Ausnahme, aber es gab keine.

5 Übrigens mit einer Einlage meines Doppelgängers Tav Falco (der die Straße natürlich auch besungen hat, mit *61 Highway*) als Anführer eines Motorradvereins in Memphis. Aber auch im bürgerlichen Leben ist er ein Freund der heißen Stühle, und war in dieser Kombination der bestmögliche Fotograf für das Cover von Charlie Feathers' LP *Honky Tonk Man* (Paris 1988).

Schließlich einigten sie sich und zogen ab, jeder einige Sechserpacks in der Hand.

Budweiser.

3.4. Wenn man sich ein bißchen mit Geschichte beschäftigt hat und also gewisse Signale empfangen kann, erkennt man bald, wie stark sich der deutsche Zusatz im Völkergemisch von New Orleans erhalten hat. Schuld daran ist vor allem der längst verstorbene Adolphus Busch.

Adolphus Busch war der geschickteste und ehrgeizigste der vielen deutschen Bierbrauer, die im letzten Jahrhundert die Neue Welt überschwemmten, wo die Indianer schon Bier gebraut hatten, als Kolumbus noch nicht vom Vater in die Mutter gekommen war, und sie hatten nicht mehr dazu gebraucht als Mais, den Saft der Moorbirke und Wasser. Sogar der Prozeß der natürlichen Gärung war ihnen bekannt. Dagegen brauchten die Weißen 131 Jahre, ehe es einer von ihnen, William Penn, schaffte, eine Brauerei auf die Beine zu stellen[6], die für Adolphus Busch aber die Tochter seines Kollegen Eberhard Anheuser breit machte[7], woraufhin der bis heute größte Bierkonzern der Welt geboren wurde.

1876 besorgte sich der geschäftstüchtige Mainzer auch noch einen der berühmtesten Namen der Bierwelt für sein Produkt, Budweiser — ohne jedoch die Dummheit zu begehen, die Braukunst der Tschechen als Vorbild zu nehmen[8]. Das Bier, das die Staaten eroberte, war ebenso eine Erfindung von Adolphus Busch wie der eisgekühlte

6 Was seine Mitmenschen so begeisterte, daß sie ihren Staat nach ihm benannten: Pennsylvania.

7 Nachgewiesen mindestens 14 mal.

8 Jedoch ist nicht ganz von der Hand zu weisen, was Michael Jackson dazu bemerkt: „Für den Durst ist amerikanisches Budweiser besser als das

Eisenbahnwaggon. Die Tschechen aber bissen sich später in den Arsch, weil sie ihren guten und populären Namen für das amerikanische Gebiet an den Deutschen verkauft hatten, denn als sie selber anfingen, dorthin zu exportieren, mußten sie auf den Namen *Crystal* ausweichen, und natürlich glaubte ihnen kein Mensch, daß sich dahinter das Original Budweiser verbarg.

Dieser Name also beherrscht heute zusammen mit Coca Cola die Außenwerbung von New Orleans, und die Budweiser-Lastwagen sind nicht weniger auffällig rot und imposant als die Feuerwehrautos, die dem Fremden doppelt so groß erscheinen wie die seiner Heimat und ihn immer sofort an die vielen Holzhäuser in der Stadt denken lassen.

Man nennt diese Häuser Shotgun-Houses, Gewehrhäuser. Sie sind sehr schmal und sehr lang. Erhöht gebaut. Über eine kleine Treppe kommt man zur Veranda, die etwas breiter ist als ein Schaukelstuhl, und dann zur Eingangstür, die immer an der Straßenseite ist. In den Läden, wo man Essen und Trinken einkauft, hängt ein Schild im Fenster. No loitering. Nicht herumhängen.

4.4. Andere Länder, andere Sitten, sagt der Volksmund, und wer würde behaupten wollen, daß aus dem nur Scheiße rauskommt.

In Restaurants, einfach oder nobler, ist es üblich, nach dem Essen den Tisch sofort zu räumen. Kaum ist das Besteck aus der Hand und die Zigarette noch nichtmal angezündet, liegt schon die Rechnung da und soll beglichen

tschechische Original. Weil die böhmischen Biere aber so gut gehopft sind, sorgt ihr trockener Geschmack dafür, daß dem ersten bald das zweite Glas Pilsener folgt". In: *Das große Buch vom Bier*. (Bern/Stuttgart 1983, S. 13).

werden. Was aber nichts mit Unfreundlichkeit zu tun hat. Es stört keinen, wenn man sich nicht an die Sitte hält.

Das Bier wird fast immer als Dose oder Flasche serviert und so kalt, daß es einem die Haut von den Fingern abzieht, und was soll man davon halten, daß bei Konzerten in Musiklokalen der Eintritt immer nur fünf Dollar kostet, selbst wenn heute in der Maple Leaf Bar eine der nicht nur in Louisiana, sondern international beliebtesten Zydeco-Bands spielt.[9] Der Club ist nicht brechend, sondern nur gesteckt voll, weil John Delafose und seine Eunice Playboys erst vor einem Monat zwei Wochen am Stück gespielt haben.

Ende der 80er hatte ich meinen ersten Cajun-Sampler aus einem Dachauer Schallplattenladen rausgetragen, und jetzt kam ich endlich an, und mein Herz pumpte schneller, als mir schon am Eingang die Akkordeonsalven entgegen schleuderten im Gehagel aus Waschbrett und Schlagzeug im Stromkreis von Gitarre und Bass. Wir schaffen es, zur Musikbox durchzukommen, wo man vor den Tanzpaaren halbwegs in Sicherheit zu sein scheint. Alles tanzt. Alles ist da. Haut Alter Mode Gewicht. Nicht alles ist da, aber auffallend viel. Papa John, Mitte 50, spielt das große Tastenakkordeon, das mehr zu Zydeco, Sohn Geno eine kleine Knopfquetsche, die eher zu Cajun gehört. Mal singt der und mal der und mal amerikanisch und mal Cajun-

9 Um es mit John Broven, dem Autor des zuständigen Standardwerks, kurz und schmerzlos zu machen: „Zydeco ist schwarze, (Cajun-)französische, ländliche Tanzmusik, die sich aus Cajun-, Afrokaribischen- und Afroamerikanischen-Musiktraditionen entwickelt hat." Oder wie es Peter Bommas in *Trash* Nr. 8 ausgedrückt hat: „Zydeco ist Volks- und Tanzmusik pur (...), die eine Lebenswelt auf den Punkt bringt, die sich wehrt gegen die absurde Gewalt der alles vereinnahmenden amerikanischen Mainstream-Kultur. Zydeco als Schmerzmittel, als Kampfmusik, als Trauerarbeit."

französisch. Auf die Köpfe Cowboyhüte gepflanzt, in denen Babies schlafen könnten. Wenn der alte Delafose Frontmann ist, geht der junge ans Schlagzeug und der Schlagzeuger ans Waschbrett. Ist der junge Delafose Frontmann, legt der alte seine Kommode weg und hängt sich das Waschbrett über die Schulter. Hängt sich aber der Schlagzeug spielende Neffe von John Delafose das Waschbrett über die Schulter, dann erinnert er mich in seinem Bewegungsablauf stark an diese Maschine, mit der man frischen Teer feststampft. Der Gitarrist ist alt und dürr und läßt diesen Tornado gelassen an sich vorüberziehen. Die beiden Jungen sind der Wasserfall, die Alten der Fels. Nur der Bassist ist wie alle Bassisten auf der großen weiten Welt nichts als Bass. Obwohl er auch ein Sohn von Delafose ist. Man sieht ihn nicht, man hört ihn nur. Ein Bassist, den man sehen kann, taugt nichts. Und wenn dann John Delafose zur Violine greift, weiß der Experte, daß er was Seltenes erlebt, denn das Instrument ist im Zydeco fast ausgestorben, wie überhaupt diese Eunice Playboys weniger auf der so starken Zydeco-Basis RhythmBlues arbeiten, sondern sich von viel früher oder woanders was rüberholen, um dem Teufel ein Ohr abzuspielen, viel Country für eine schwarze Band, aber was verstehn wir schon von Country, wo unsere Indianer Pierre Brice heißen.

Aber ich hatte nicht viel Zeit, das angelesene und abgehörte Wissen zu überprüfen, denn man fällt auf, wenn man das tut, was man bei uns normalerweise tut, wenn man ein Konzert besucht. Flasche Bier in der Hand an der Wand lehnen und aufpassen, daß sich die Schuhspitze nicht zuviel bewegt. Zydeco ist Tanzen oder nichts, und man kann so strahlend herumstehen wie man will, man wird nicht nur sofort als deutscher Tourist erkannt, sondern ist eine Beleidigung. Wem die Musik gefällt, der tanzt, außer er hat seine Dosis gehabt und liegt in der Ecke, tot, und also warfen wir uns rein in diesen Tumult aus Twostep und Walzer oder was immer Rätselhaftes dieser Haufen trieb, und weißgott, die machten keinen Spaziergang in diesem Dampfbad, die machten es wie zum letzten Mal in ihrem Leben.

Es war gegen zwei Uhr, als der schmale längliche Raum fast leer war und die letzte Handvoll auch nicht mehr konnte. Aber diese Eunice Playboys spielten immer noch wie die Versengten.

Kennst du das, sagte einer, und schon gings wieder weiter.

Am anderen Ende des Raums standen auf einem Tisch ein Stapel Becher und ein Trinkwasserspender.

5.4. (Keine Eintragung.)

6.4. Der erste Streit!

Wir standen am Kai und schauten auf den Mississippi raus, wo es einen echten Schaufelraddampfer zu sehen gab. Hinter uns kämpfte ein Straßenmusiker mit seinem Saxophon gegen die Soulhits, die er in seinem großen Recorder mitgebracht hat. Amerikanische Touristen. Es war mittag und heiß, und ich rechnete mit nichts weniger, als von einer poetischen Eingebung überfallen zu werden. Das ist ja das schöne an Lyrik, daß sie jederzeit und überall angeweht werden kann, und dann heißt es zuschlagen, und schon marschierte ich los Richtung Hotel, mit der zugegeben frechen Bemerkung, ich hätte bei Tom Sawyer schon genug Schaufelraddampfer gesehen.

Es fing schon an dunkel zu werden, als ich das Gedicht freigelegt, den Rhythmus rundgefeilt und den Sechserpack weggeputzt hatte.

Deutschland, leere Dose Bier
Stehst auf dem Boden hier vor mir
Ich hol mein Ding jetzt aus der Hose
Und ziele auf das Loch der Dose.

Vielleicht nicht gerade für die Ewigkeit, aber ich glaube, jeder spürt, daß es ehrlich gemeint ist. Und ihr hat's dann auch gefallen.

Versöhnung.

7.4. Das hatte ich nicht erwartet, daß die Digitalanzeige der Uhr auf vier Nullen sprang, und nichts passierte. Keine klirrenden Flaschen, keine grölenden Männer, die sich auf die Schultern schlugen, keine Frauen, die auf den Tischen tanzten, keine Lokalrunden, keine Reden, nichts. In einer Kneipe, die jederzeit für einen Film mit John Wayne hätte benutzt werden können, abgesehen von Bardame und Klavierspieler fehlte nichts. Aber alle schauten einfach nur weiter in den Fernseher, wo ein entscheidendes Basketballspiel übertragen wurde.

– Ich hätte meinen Kopf gewettet, daß das ein großer Feiertag bei euch ist, sagte ich zum Barmann, daß es ab Mitternacht rundgeht.

Nichtmal ihm sagte das was.

– Heute vor 50 Jahren war Schluß mit Prohibition[10], 14 Jahre Trockenheit waren vorbei!

10 Zumindest für die ersten 19 Staaten, hätte ich eigentlich hinzufügen müssen, aber ich wollte nicht wie ein Klugscheißer dastehen. Den Beginn dieser Epoche beschreibt Upton Sinclair so: „In den Hallen des Kongresses tobte ein verzweifelter Kampf. Die Bierbrauer hatten Geld, aber die Fanatiker hatten Stimmen. Sie peitschten ein Gesetz durch, das die Verwendung von Nahrungsmitteln zur Erzeugung alkoholischer Getränke untersagte." In: *The Wet Parade* (dt. *Alkohol,* Reinbek 1992,

Tatsächlich, sagte er und rechnete herum, 1933, muß ein verrückter Tag gewesen sein.

Besonders beeindruckt war er nicht.

8.4. Nachts an der Ampel, wir stehen in der Mitte. Links neben uns ein weißer Chevrolet Polizeijeep mit getönten undurchsichtigen Scheiben. Auf der anderen Seite rollt eine braune Limousine älteren Jahrgangs vorbei, und bevor sie mit quietschenden Reifen nach rechts davonrast, kommt aus dem Fenster ein schwarzer Arm mit ausgestrecktem Mittelfinger und jemand brüllt was. Ich bin mir sicher gegen die Polizei, wegen der ich meine offene Dose Old Milwaukee's sofort zwischen die Beine geklemmt und mit einer Hand bedeckt hatte. Denn in Fahrzeugen ist das Trinken von Alkohol verboten, nichtmal sichtbar rumliegen darf er. Und auf der Straße ist das Gesetz nicht weniger hart, weshalb man tatsächlich manchmal den Mann sieht, der sich eine braune Papiertüte an den Mund hält.

Jetzt weiß ich, was gemeint ist, wenn es heißt, daß sich der Deutsche oft erst im Ausland bewußt wird, welch selten große Freiheit in seinem Land herrscht. Ganz zu schweigen von der Sicherheit. Denn welchen Grund sollte ein Deutscher in Deutschland haben, nachts mit verriegelten Autotüren herumzufahren. Hier wird es Touristen von den Medien so massiv nahegelegt, daß wir uns zwar dumm dabei vorkommen, aber uns nicht trauen, darauf zu pfeifen. In Miami sind in diesen Tagen einige deutsche Touristen überfallen und ermordet worden. Die Methode hatte immer irgendwas mit Autos oder Ampeln zu tun. In der Zeitung ein Kommentar, der die Frage stellt, warum es

S. 119). Nicht unwesentlich war es das Eintreten der USA in den Ersten Weltkrieg gewesen, was immer mehr Menschen dazu gebracht hatte, diesem Gedankengang zu folgen.

ein paar Morde an Touristen braucht, damit etwas Aufregung über die insgesamt hohe Mordrate aufkommt.[11]

Auch das Viertel, in dem wir wohnen, ist der reine Beschiß. Ein hauptsächlich von Schwarzen bewohntes, leicht heruntergekommenes Viertel in der Innenstadt. Aber es ist ruhig, nie hört man Schüsse, selten eine Sirene, und noch nie sind wir böse angestarrt worden. Das merkwürdigste aber ist, daß ich bisher auf keiner einzigen Veranda einen alten Neger mit geflickter Gitarre und Blues entdecken konnte.

Nimm das, sagte der Verkäufer in dem kleinen Laden an der Ecke, das ist billiger und auch nicht schlechter.

9.4. Zum ersten Mal beschimpft worden! Von einem alten Mann, der nach dem Krieg in Ulm stationiert war und durch einen Manöverunfall ein kaputtes Bein hat. Die gastfreundliche Familie Schmitt hätte ihn gern mit der Tochter verheiratet, aber er wollte lieber nach Hause. Er macht sich über mich lustig, daß ich dieses amerikanische Bier trinke, wo ich doch deutsches gewohnt bin: Da kannst du das doch nicht trinken!

Ich kontere mit einem Spruch von Abel Ferrara:

– Du wirst von Budweiser genauso voll wie vom besten Hasch.[12]

11 Wenige Wochen später landete Florida auf der schwarzen Tourismusliste des deutschen Außenministeriums. Im September 1993 dann wieder Schlagzeilen in deutschen Zeitungen wie diese: „Welle der Gewalt gegen Ausländer nimmt kein Ende". Wird wohl von der Inlands- an die Auslandsredaktion mit der Bemerkung „bei uns ist jetzt Schluß damit!" weitergereicht worden sein. Um Zahlen zu nennen: 41 Millionen Touristen besuchen jährlich Florida. Seit Oktober 92 waren neun ausländische Touristen bei Überfällen ermordet worden.

12 Kein zufälliger Vergleich: Hopfen gehört zur Familie der Hanfpflanzen.

– Mag schon sein, aber du brauchst einen ganzen Lastwagen!

Er selber trinkt verwässerten Whiskey. Er gibt mir einen Schein für die Musikbox. In jedem Lokal steht eine Musikbox. Ich drücke Mink de Ville, weil ich am Nachmittag schwarze Halbschuhe mit Schnallen gekauft hatte und Bommas meinte, die würden nach Mink de Ville aussehen.

– Als sie mir die Stelle als Hausmeister angeboten haben, bin ich zuerst mal ein paar Stunden durchs Viertel gelaufen. (Er deutet auf sein kaputtes Bein.) Hier leben hauptsächlich Schwarze. Aber es ist in Ordnung, die meisten haben ihren Job. (Wir waren im Zoo gewesen, um uns einen Wettbewerb für Nachwuchsgruppen anzusehen. Alle Angestellten, die über die Wiesen gingen, um mit diesen Spießen Müll einzusammeln, waren Schwarze. Das Hilfspersonal in Restaurants und größeren Lokalen sind fast nur Schwarze.) Nein, hier kommt nie ein Schwarzer rein. Die haben ihre eigenen Kneipen ... Ich hab schon überall in den Staaten gelebt. Kennst du *I've been Everywhere* von Hank Snow, das bin ich. Vor einem Jahr bin ich aus Atlanta gekommen. Ich hab schon Hunderttausend besessen, und bevor ich jetzt den Job als Hausmeister bekam, hab ich ein paar Monate unter Pennern gelebt. Vor ein paar Tagen hab ich zum ersten Mal wieder meine Kinder angerufen, aber ich hab ihnen nicht gesagt, wo ich jetzt bin. Sie wollten meine Nummer haben, aber ich hab sie ihnen nicht gegeben. Ich will meine Ruhe haben.[13]

13 Vgl. das Gedicht *Bier* von Gerald Locklin: „Es bringt die Menschen dazu, aus vollem Herzen von den guten alten Tagen zu singen und von den Schafen, die vor langer Zeit irgendwo verloren gingen." In: *Der Container verändert die Landschaft*. (Augsburg 1985, S. 213).

Wenn man statt der Dose eine Flasche will, sagt man nicht bottle. Es heißt longnecked.

– Fräulein, noch ein Langhalsbier!

10.4. Wir verabschieden uns von der Stadt, in die Napoleon eigentlich hatte fliehen wollen, um 200 Meilen weiter westlich das Volk der Cajuns zu besuchen.[14] Nach einer knappen Autostunde erreichen wir das Dorf Des Allemands. Dort erfahren wir, daß auch New Orleans den Deutschen viel zu verdanken hat. Als die Bewohner im Lauf einer Hungersnot am Ende waren, wurden sie von den deutschen Bauern aus Des Allemands mit Nahrungsmitteln versorgt und gerettet. Vor über 200 Jahren.

Auf dem Friedhof liegen viele verrostete Kreuze herum, auch Grabsteine oder Teile davon. Einfache Grabsteine, auf die die Namen mit schlampiger Schrift gepinselt wurden, je näher dem rechten Rand, desto enger die Buchstaben. Auf einem steht einfach The Millers † 1862. Aber auch viele Grabmäler, die wie Miniaturpaläste aussehen. Die verschiedenen Bereiche sauber getrennt wie Stadtviertel. Im Viertel der Miniaturpaläste liegt kein Holzkreuz herum, auf dem die Schrift nicht mehr zu lesen ist.

Ein regnerischer Tag, ein mächtiger bedrohlicher Kirchturm, Wolken, Krähen, in einer Pfütze ein blutverschmiertes Stück Arm.

14 Cajun kommt von Acadian. Acadians wurden die französischen Auswanderer genannt, die sich in der Provinz Acadia, im heutigen Kanada, angesiedelt hatten. Als sie sich nach dem britisch-französischen Krieg weigerten, sich der britischen Krone zu unterwerfen und Neutralität forderten, wurden sie 1755 deportiert. Die meisten der sechzehntausend versuchten ihr Glück dann im Süden von Louisiana. Bis ins 20. Jh. lebten die Cajuns stark abgeschottet vom Rest der Welt. Der erste Ölfund 1901 ist für Macon Fry, der den definitiven Reiseführer für dieses Gebiet verfaßt hat, der entscheidende Wendepunkt.

11.4. Das berühmteste Cajun Restaurant steht im Herzen von Cajun Country, wie man den Süden von Louisiana nennt, in Breaux Bridge und heißt Mulate's. Es gibt noch zwei Filialen, aber das ist die Mutter. Einheimische Küche und die Musik original. Es ist früher Nachmittag, ein Wochentag, nichts los. Ich will nichts essen, und die Musik kommt nur aus dem Lautsprecher und so leise, daß es nach Irgendwas klingt. Immerhin ziert die Bierflaschen ein eigenes Etikett. Die Tischdecken sind rotweiß kariert, es ist halbdunkel, Unmengen Holz im Raum. Fast kommen wir uns vor wie in einer echten alten Wirtschaft daheim. Wenn nur nicht die verschiedenen Neonreklamen wären und die Millionen von Visitenkarten, an die Decke geheftet, sieht aus wie der Überfall eines Schmetterlingschwarms. Die Bedienung erzählt uns, daß durchaus nicht so selten deutsche Touristen hier auftauchen. Bis hierher in die Sumpfgebiete kommen die also, diese Tagesausflügler aus New Orleans, garantiert diese Jazzfans, die ein Triangel nicht von einer Essensglocke unterscheiden können. Damit hatten wir nicht gerechnet. Wir überlegen, ob wir unseren roten Buick Skylark nicht sofort auf dem Highway 90 nach Texas jagen sollen.

12.4. Den ersten echten Cajun getroffen. Wir erkennen ihn, weil er zuerst versucht, sich mit uns in diesem Cajun-Französisch zu unterhalten, das weder die Amerikaner noch die Franzosen verstehen. Er wundert sich. Deutsche trifft man am Atchafalaya Basin selten! Wir freuen uns, daß wir am größten Sumpfgebiet der Staaten endlich eine Seltenheit sind. Was uns hergeführt hat, will er wissen.

– Wir wollten mal nachsehen, ob es stimmt, daß ihr Cajuns den ganzen Tag lang scharf gewürzte gekochte

Flußkrebse eßt, mit Unmengen eiskaltem Bier runterspült, und dazu spielt die Musik, bis alle unterm Tisch liegen.

Er gibt eine Runde Bier aus. Klingt phantastisch, sagt er. Was uns wirklich hergeführt hat?

– Die Musik.

Er schüttelt den Kopf, er kann's nicht fassen: He, Mike, diese Leute da kommen aus Deutschland, und weißt du, warum die hier sind, wegen Cajun-Musik!

Mike will nicht glauben, daß man sich bei uns solche Schallplatten kaufen kann. Er schmeißt die nächste Runde. Da müßt ihr ins Mulate's fahren, sagt er, bei uns ist nur am Wochenende was los. He, Randy, komm mal rüber!

Randy kommt rüber und gibt jedem von uns die Hand. Dann geht er zum Kühlschrank, um die nächste Ladung Dosenbier zu holen. Die Musikbox ist laut, so gefüllt wie wir uns das vorgestellt haben, und der Wirt selber steckt die Münzen rein. Ich glaube, jetzt sind wir da, wo wir hinwollten.

13.4. Egal ob man oben auf der Dammstraße oder unten auf der sicheren Seite fährt, immer macht man eine Staubwolke. Haben uns an der kleinsten und letzten der Bootstationen am Henderson Damm ein Hausboot gemietet. Dan, der Besitzer, der eigentlich Fernmeldeingenieur bei Exxon ist, fährt uns zur Begrüßung ein bißchen durch den Sumpf. Wald im Wasser. Jetzt reicht das Wasser bis zum Damm, in zwei Monaten hat der Sumpf einen breiten Ring aus Schlamm. Es ist so kalt wie seit zig Jahren nicht mehr, bald so kalt wie bei uns jetzt. Wasserpflanzen mit großen Blättern bilden immer wieder riesige Teppiche.

– Wenn sie blühen, sehen sie wundervoll aus, aber sie

sind eine Plage, eines Tages ist hier alles dicht mit dem Scheißzeug, es macht die Fische kaputt und du kommst mit dem Boot nicht mehr durch. Irgendein reiches Weib hat es aus Japan eingeschleppt, weil es so schön aussieht.

Ein faszinierender Sonnenuntergang, der das alles noch unheimlicher aussehen läßt.

Dan sagt nein, als wir ihn fragen, ob wir mal eins seiner beiden kleinen Motorboote mieten können. Er würde nicht darauf wetten, daß wir aus diesem Waldwasserstraßennetz wieder rausfinden, wenn das Ufer nicht mehr zu sehen ist. Dan fährt Leute nur durch den Sumpf, wenn er grade selber Lust dazu hat. Für eine der großen Bootstationen hat er einen Sommer lang jedes Wochenende eins dieser Passagierboote gefahren, auf denen dreißig Leute Platz haben.

– Fünfmal am Tag bin ich eine Stunde rausgefahren und hab jedesmal dasselbe erzählt. Das hat mir dann gereicht. Es hat auch keinen Spaß mehr gemacht, allein rauszufahren, ich saß allein im Boot und hielt mir meinen Vortrag. Die fahren sogar bis zu den Alligatorplätzen raus, um sie zu füttern, sie machen die Tiere kaputt. In den 30er Jahren haben sie mit den Ölpipelines angefangen. Vorher waren wir hier ziemlich weg von der Welt. Die Kinder kamen jetzt in die Schule und mußten Englisch lernen. Als ich Anfang der 50er in die Schule kam, konnte ich kein Englisch. Und heute verstehen meine Kinder kein Cajun-Französisch mehr. Bis vor sieben Jahren gab's hier keine einzige Bootstation, nichts für Touristen, keine Hausboote zu mieten. Jetzt gibt es fünf Stationen auf zehn Meilen. Ich würde mir gern mit der Station eine Existenz aufbauen, aber mit zwei Hausbooten ist das nicht zu schaffen, ich bräuchte wenigstens fünf. Man muß aufpassen, daß das Atchafalaya wenigstens so bleibt, wie es jetzt ist. Der

Fischreichtum ist lang nicht mehr so groß.

Zur Station, die Landing genannt wird, gehört ein kleiner Laden, wo man von Angelhaken bis Chips Kleinkram bekommt. Wir kaufen ein Paket Budweiser.

Das ist mir viel zu stark, sagt Dan. Wir versuchen, uns nichts anmerken zu lassen. Er trinkt Coors, eine Art Mineralwasser mit einem Hauch von Biergeschmack. Es gibt auch noch Coors Light.[15]

14.4. Die Dose, aus der sie trinken, steckt fast ganz in einer dicken Schaumstoffumhüllung. Ich hielt das für eine Art Schmuck, weil sie farbig sind und Cartoons oder Sprüche draufgedruckt. Bis Eddie mir die Sache erklärt hat. Das Ding heißt Isolator und hat zwei Funktionen: Das Bier kühl halten und die Hände nicht kalt werden lassen. Außerdem natürlich der Unterhaltungswert. Eddie erzählt von seinem Lieblingsisolator, auf dem stand: Snatch a kiss or vice versa! Ich versteh den Sinn nicht. Schnapp dir einen Kuß, ist klar, vice versa auch, snatch a kiss umdrehen, also kiss a snatch. Snatch = Pussy.

15.4. Er ist jetzt auch schon 55, aber tatsächlich ist mein Wunsch in Erfüllung gegangen, daß er immer noch on the road ist, wie das in der Fachsprache heißt. Nur ein paar Meilen den Damm runter haben wir ihn gesehen, in einem Nest, das auf keiner Karte verzeichnet ist.

Auf dem Weg dorthin dreimal plötzlich im Scheinwerferlicht Nachtgreifvögel. Sitzen mitten auf der Schotterstraße und rühren sich nicht.

Der Parkplatz vor der großen Baracke namens Tony's

15 Auch diese Nationalmarke wurde von einem Deutschen namens Adolph gegründet, Coors. Heute berüchtigt für aggressive Werbung: Junge schlanke Mädchen in nach Milligramm meßbaren Badeanzügen.

Place schon voll, vor allem mit Pickups, diesen Kleinlastwagen mit offener Ladefläche. Starker Regen, der Boden Schlamm. Die üblichen fünf Dollar Eintritt, und schon im Eingang seh ich, daß wir es hier mit einer authentischen Tanzhalle zu tun haben. Das Dorf hat sich versammelt, von 15 bis 85. Noch während wir zu einem freien Tisch gehen, habe ich drei Gruppen erkannt, die aus der Normalmasse auffallen: Die in Arbeitskleidung oder Gummistiefeln; die, die sich fesch gemacht haben; und die Horde Teenager vor der Bühne, die sich outfitmäßig ziemlich reingehängt hat, für unsere Verhältnisse aber eher bescheiden. Außerdem der große Sheriff mit dem großen Hut, dem großen Bauch und der großen Kanone, der nicht aus Sicherheitsgründen hier ist. Noch bevor wir am Tisch sind, haben auch sie sich ihren Teil über uns gedacht. Hätte das Jad Fair T-Shirt vielleicht doch nicht anziehen sollen, wer weiß, ob der Name nicht eine Bedeutung hat.

Es erinnert mich an den Pfarrheimsaal bei uns daheim, obwohl hier die Decke niedrig ist und man nichts entdecken kann, was man möchtegernpompös nennen könnte, aber die Tische stehen entlang der Längsseiten und eine Reihe vor der Bühne; der gegenüber eine volle Breitseite Theke, an der die meisten herumstehen, hauptsächlich Männer. In der Mitte ein ziemliches Stück Tanzfläche, leer, und sie bleibt auch leer während der drei Nummern, mit denen seine Bayou Blues Band mit sagen wir mal kräftigem glattem PopRocknRoll dem Abend langsam Beine zu machen versucht, auf einer Anlage, die bei uns vermutlich nichtmal so Gruppen wie die *Blumen am Arsch der Hölle* benutzen würden, obwohl, oft heißt ja hohe Qualität haben[16]

16 Vgl. ihre Veröffentlichung gleichen Titels. Der Katalog Nr. 1 des *Spezialversand* (Hamburg 1993) dazu: „Punkrock kann unglaublich gut sein. Nur Vinyl."

alles benutzen können, eingestellt auf unseren alten Freund Ohrentöter versteht sich, und in den Sekunden zwischen den Liedern ein großartiges Gebrüll, das kein Beifall ist. Dachte mir schon, daß man hier auch zusammenkommt, um sich zu unterhalten.

Was mich an nichts bei uns daheim erinnert, sind die Plastikwannen auf dem Tisch, die gefüllt sind mit Eis und Bierflaschen. So kleine Bierflaschen hab ich noch nie gesehen, 0.2, Bier als Flachmann. Leute, die hinter Theken arbeiten, haben das nicht erfunden.

Dann ist es soweit.

Meine Damen und Herren, sagt der Saxophonist, wir heißen willkommen Mister Johnnie Allan!

Keine Reaktion.

Das heißt ich und wenn's hochkommt vier vermutlich ältere Herrschaften klatschen, und ich glaube sogar ein „Hey Johnnie" zu hören, für einen der Großen des Swamp Pop, der seit Ende der 50er die Tradition mit RocknRoll kurzgeschlossen hat. Er kommt von irgendwo hinten fröhlich ans Mikrophon gelaufen und zählt nach dem Guten Abend gleich die Band ein. Bluejeans, weißes Hemd, Brille, die Matte nicht mehr halb so dicht wie auf den Fotos, die nach einem ganz fiesen Las Vegas-Entertainer aussehen, die Koteletten nicht mehr so lang und breit wie ein Baumstamm, aber dafür ein kleiner Bauch, und wenn man weiß, daß er bis '81 im Nebenberuf Lehrer war, dann muß man jetzt dran denken.[17]

17 Johnnie ist auch ein Archäologe des Swamp-Pop/RocknRoll, wie seine großangelegte, ganz neue Jimmy Donley-Biographie zeigt (*Born to be a Loser*). Donley war immer wieder als großes Talent gefeiert worden, ehe er 1963 mit 34 Selbstmord beging. Seine Lieder hatte er oft genug für das altbekannte Butterbrot verkauft. „Ich brauch das Geld jetzt. Morgen schreib ich eben wieder ein paar Songs."

Beim ersten Song bin ich noch im Bann, der entsteht, wenn Abbild auf Original trifft, und beim zweiten wird mir klar, daß da was schiefläuft, Johnnie ist viel zu leise, die haben ihn mehr weg- als abgemischt, und daß es das Ziel seiner Band ist, jeden Song auf das gleiche Format einzustampfen, alles auf Mainstream eingemessen, dabei aber für unsere Verhältnisse verblüffend gut abgehend, alles von Elvis bis Stevie Ray Vaughn zusammengezählt und dann perfekt durchdividiert, Herrgott, eine echte Scheißband eben, der man in der Kneipe von Coteau Holmes, Louisiana noch viel Schlimmeres verzeihen würde, während man sich bei der Vorband von Attwenger im Bierzelt von Schwabhausen, Bayern, die sich auf ähnliches Gebiet wie diese Bayou Blues Band traut und dabei immerhin zehn Prozent davon auf die Bühne bringt, nichtmal mehr über die unglaublich weit rauf reichenden und weit rauf unverhüllt sichtbaren Beine der Saxophonistin freuen kann. Aufgrund dieser Überlegungen ist der dritte Song an mir vorbei.

Dann kam der vierte: Promised Land. Vor 21 Jahren eingespielt, das einzige Chuck Berry-Cover, das Berrys eigene Version schlägt und mit einem Akkordeon als Soloinstrument auch noch wie der Blitz aus heiterem Himmel '74 in die oberste Etage der englischen Hitparade einbrach und vier Jahre später sogar noch ein zweites Mal in genau derselben Aufnahme.[18]

Ich erkannte dieses eines meiner Lieblingslieder erst, als Johnnie ein paar Worte gesungen hatte.

Daß sich weder ein Belton Richard noch sonst einer ein

18 In seiner Heimat hatte es nicht annähernd diesen Erfolg gehabt. Ohne den Leser hier mit Details überfordern zu wollen — aber auch Berry selbst war 1964 nur auf Platz 41 vorgestoßen, und sogar Elvis blieb zehn Jahre später bei 14 hängen (in den Country Charts allerdings bei 9).

Akkordeon vor den Bauch stellte, regte mich auch nicht mehr auf, und bevor die 2:03 Minuten vollends vorbei waren, bat ich meine Frau auf die Tanzfläche. Wir hatten mehr Platz als genug. Wir tanzten eine Weile, Walzer tauchten auf und andere Songs, die manchmal irgendwie nach Cajun mit oder ohne Pop klangen, was eben wenig mit diesem PopRocknRoll zu tun hat; Jolie Blon (naturgemäß), South to Louisiana (normalerweise jedes menschliche Herz schmelzend); irgendwie wurde die Bayou Blues Band mit allem fertig, und als Johnnie verschwand, damit sie sich vor seinem zweiten Set wieder ein paar Songs lang austoben konnten, ließen sie sich von den vor der Bühne herumsitzenden Teenagern sogar zu einer Disco-Nummer herausfordern, mit der wir schon öfter konfrontiert worden sind, die hier zur Zeit ziemlich populär ist. Getanzt wird dazu ballettmäßig, eine nicht ganz unkomplizierte Schrittfolge, sieht aus wie ein Vortanzen für Dance Academy IV, und natürlich machen das nur junge Mädchen mit. Die Jungs saufen und beobachten sie genau, und manchmal hälts einer nicht mehr aus und parodiert sie.

Dann kommt Johnnie wieder. Langsam gehts dann auf der Tanzfläche doch etwas mehr rund. Dann muß ich aufs Klo. Zwei Männer stehen an der Pißrinne und erzählen sich, wie es mit dem Fischfang heute gelaufen ist. Ich muß scheißen. Aber die Kabine hat keine Tür, nicht weil sie einer weggetreten hat, sondern weil sie keine hat. Schon öfter gesehen, aber diesmal frage ich mich, wie die eigentlich drauf sind. Ich bin ein Deutscher, ich kann nicht scheißen, wenn ich keine geschlossene Tür vor mir habe. Zu blöd zum Scheißen! Auf dem Rückweg hechte ich mal wieder in dieses brüllende Gedränge vor der Theke und weil ich keine Chance habe, mit Aussicht auf Erfolg „four longnecked" zu schreien, vier Flaschen Bier, frage ich den

Mann neben mir, was hier eigentlich los ist, warum es offensichtlich keinen kümmert, daß hier heute Johnnie Allan lebendig auf der Bühne steht, kaum Applaus, kein Buh für die Band, das Getanze bei weitem nicht bis Anschlag und ein irrsinniges Geschrei.

– Ich dachte Johnnie ist ein Star bei euch, Hymnen, Hits, in jeder Musikbox mindestens vier!?

– Wie? Und der spielt heute hier?

Wir drehten uns beide verblüfft zu ihm um. Er sah glücklich wie ein Schneekönig aus da oben auf der 20 cm hohen Bühne und äußerst sympathisch, wie er keinem vorzumachen versuchte, RocknRoll würde einen für immer jung halten. Alle hier sahen glücklich aus. Sie hatten hier eine gute Zeit.

Draußen Regen.

Auf der Straße drüben ging ein Schwarzer vorbei. Erst jetzt fiel mir auf, daß in der Kneipe kein einziger gewesen war.

16.4. Was willst du eigentlich über den heutigen Tag schreiben, wenn du den ganzen Tag damit verbringst, den gestrigen zu beschreiben.

Nachdenken Überprüfen Ergänzen.

Das fordert die Sorgfaltspflicht, das Ehrenzeichen der Elite der schreibenden Truppe. Der Moment der notwendigen Besinnung muß unter allen Umständen (Reise!) erkannt werden können und dann rigoros genutzt. Sonst geht die Kurve, die die Intensität des Schreibens, die Intensität der Umsetzung von Gefühl und Beobachtung auf geschriebene Sprache anzeigt, runter, ohne daß man's merkt.

Das Haus, in dem sich Clyde Barrow zum letzten Mal hat rasieren lassen, wird schon auch morgen noch stehen.

Eddie hat meiner Frau seine Kanone gezeigt, die er in einer Schachtel unter seinem Bett aufbewahrt. Hat behauptet, sie wäre nicht geladen, sie aber nicht in ihre Hand gelegt. Mir hat er nur sein Messer gezeigt: Nichts geht über deutschen Stahl und deutsche Feuerwaffen!

Eddie hat's aus Alabama hierher verschlagen, nachdem ihn seine Familie verlassen hat. Er ist sowas wie der Hausmeister der Bootstation. Wenn man ihm nicht ständig klarmacht, daß man kein Wort versteht, spricht er so wie er spricht. Er ist klein und dick und trägt einen Vollbart. Er besitzt nicht mehr, als er auf sein Motorrad packen kann, aber ich glaube nicht aus Überzeugung. Er trinkt nur alkoholfreies Bier. Er darf keinen Alkohol trinken, Alkohol dreht ihn durch.

Werde mich jetzt aufs Dach setzen und in *American Psycho* weiterlesen. Witzig, daß die Freundin von diesem Yuppieschwein sagt, sie möchte, daß auf ihrer Hochzeit eine Zydeco-Band oder sonstwas Niggerethnomäßiges spielt, damit sich ihr Daddy ärgert. Hoffentlich wird dieses Wallstreet Yuppieschwein bald von Mike Hammer und Mickey Spillane besucht und hört das Gebrüll von zwei 45ern, aus fünf Metern Entfernung.

Warum sind Serienkiller immer nur männlichen Geschlechts?

Die große Scheiße aber ist, daß ich schon vor acht Jahren einen Roman über einen Serienkiller angefangen habe. Vielleicht das Pech meines Lebens, daß ich das nach 60 Seiten wieder verworfen habe (warum eigentlich?).[19]

19 Vgl. Ulrich Genzler: „Als zentrales Merkmal der aktuellen Entwicklung ist daneben festzuhalten, daß die Woge, die bereits seit Beginn der 80er Jahre vorwiegend die amerikanische Öffentlichkeit überspült, von den Randbereichen her in die Festungen der Hochkultur vorgedrungen ist..." (*Süddeutsche Zeitung* Nr. 186, 1993).

Jetzt kann man das ja nicht mehr bringen (trotzdem mal wieder nachlesen!!!).

17.4. Es gibt hier eine großartige Wurst. Sie wird Boudin genannt. Ein natürlich scharf gewürztes Gemisch aus zerkleinertem Fleisch und Reis. Von einer Haut zusammengehalten, die man nicht mitißt, wird die Boudin kalt oder heiß gegessen. Als Getränk dazu paßt am besten Bier, und es heißt auch: Ein 7-gängiges Cajun-Menü besteht aus einem Sixpack Bier und einem Pfund Boudin.

18.4. Endlich einen echten Trucker kennengelernt. Sein Truck gehört ihm, und er fährt damit auf eigene Rechnung. Hat sich auf den Transport von Bier und Rindern spezialisiert. Wir diskutieren über Biersorten und -stärken, und nachdem wir uns eine Weile über Begriffe wie Stammwürze und Alkoholgehalt mißverstanden haben, bestätigt sich die Vermutung, die wir schon längst hatten, daß nordamerikanisches Bier im Glücksfall halb so stark wie unseres ist.

– Wenn man sich an die gesetzlichen Bestimmungen zur Fahrzeitbegrenzung hält, dann ist der Verdienst nicht besonders, meint er. Wenn du eine Familie durchbringen und auch noch ein paar Dollar machen willst, dann mußt du schon länger als erlaubt fahren. Wenn du für dich selber fährst, ist das leichter, du kannst eine Tour die Woche fahren, du kannst eben auch zwei fahren.

Er grinst, als ich *Convoy* sage. Ja, Sam Peckinpah hätte das Problem gut gezeigt in seinem Film. Nur den Schluß findet er blöd, wenn Kris Kristofferson mit seinem Truck auf der Brücke in die Luft fliegt, in den Fluß stürzt und doch am Leben bleibt.

Wenn er in der Gegend ist, schaut er bei seinem Freund vorbei. In der Gegend heißt, daß er diesmal 500 Meilen von seiner Route abgewichen ist. Sie leeren ein paar Dosen zusammen und beschimpfen sich liebevoll: Du bist doch voll Scheiße, Mann, heißt es dauernd, und: Du verdammter Yankee — du verdammter Coonass!

19.4. Ich kann es nicht mehr hören. Wenn mich das nochmal jemand fragt, dreh ich durch: Stimmt das eigentlich, daß ihr in Deutschland das Bier warm trinkt? Wer hat diese Gemeinheit aufgebracht? Okay, in vielen Gaststätten sind sie so unverschämt und stellen es dir lauwarm hin[20], aber deswegen stimmts noch lange nicht.

Sind nach Hause zum Essen eingeladen. Die Schwestern haben sich unglaublich viel Arbeit gemacht und alle Register ihrer Kochkunst gezogen. Die Kinder haben schon vorher gegessen. Von ihrer Mutter haben die Schwestern jetzt zum ersten Mal gehört, daß in der engsten Verwandtschaft der Großelterngeneration eine Deutsche war. Sogar ein Foto ist aufgetaucht. Sie schaut furchterregend aus, dunkle böse Augen, das Gesicht düster, richtige Pranken, eingepackt in eine Menge unverwüstlicher Kleidung, die Haltung, als wollte sie dem Fotografen gleich eine Schaufel über den Schädel schlagen, ein Flintenweib, man sieht ein Leben aus nichts als harter Arbeit, das Leben buchstäblich dem Boden abgekämpft. Calamity Jane wirkt dagegen schon fast wie eine zu sanftmütig geratene

20 Nicht von ungefähr hat der Münchner Postkartenkünstler Hias Schaschko eine Serie gegen die „Junge Münchner Gastronomie: Fesch und keine Ahnung" gemacht. Die schwarzen Buchstaben auf dem Gelb der in meinem Besitz befindlichen Karte lauten: „Welcher Wirt kann / ein Bier so zapfen / daß es schmeckt?"

Betschwester.[21] Die sieht aus wie Boogeyman, sagt Mike. Boogeyman ist dasselbe wie *Der Schwarze Mann*, mit dem wir als Kinder bedroht wurden. Als ich es erzähle, wird es natürlich sofort mißverstanden, aber wenn mich meine Erinnerung nicht täuscht, dann war mit diesem Schwarzen Mann kein Neger gemeint.

Wir werden durch das große Holzhaus geführt. Alles so 1a sauber und aufgeräumt, daß klar ist, daß das immer so ist. Kinderfotos im Flur. Stofftiere in den Mädchenzimmern. Ein Schrank mit fünf Gewehren im Zimmer des 19jährigen Sohns, darunter eine Pump-Gun. Auf dem Toilettenkasten eine Bibel.

20.4. Sunny rast uns mit seinem Motorboot zu einer einsamen Stelle im Sumpf, wo er sich gern für ein paar Stunden absetzt. Wir sind gebannt, das sieht nicht aus wie irgendwas von der Welt, die wir kennen. Nur die Musik aus dem Kofferradio hält die Verbindung.

Sunny ist entrüstet, als ich frage, ob hier keiner mehr ein Ruderboot benützt. Ein Cajun rudert nicht!

– Wieviel Meilen haben wir jetzt drauf?

– So 70!!

In ein paar Wochen findet nur ein paar Minuten weiter das größte Crawfish-Festival der Welt statt. Dann kommen eine Million Menschen her, um gekochte Flußkrebse zu essen. Es gibt immer weniger Fischer, aber immer mehr, die zum Fischessen kommen.

21 Siehe die Fotos in dem von Elisabeth Kiderlen herausgegebenen Buch (Frankfurt/Basel 1980): *Calamity Jane — Briefe an ihre Tochter*. Die von der Frau Wild Bill Hickoks allerdings nicht abgeschickt, sondern in ihr Tagebuch geschrieben wurden. Juli 1893: „Ich kann mir vorstellen, daß jetzt, wo ich bei Buffalo Bills Wild West Show mitmache, sie sich tief in ihren scheinheiligen Herzen ganz sicher sind, daß ich auf dem Weg zur Hölle bin."

21.4. Endlich haben wir Eddie dazu gebracht, daß er uns auf seinem alten 22er Remington Gewehr herumballern läßt. Herumballern ist gut, er hat aufgepaßt wie ein Schießhund, wenn er's aus der Hand gegeben hat. Am Morgen hat er eine Giftschlange damit erschossen, die am Ufer in der Sonne eingeschlafen ist. Jetzt suchen wir die nächste. Er erschießt eine junge Wasserschildkröte. Irgendwas ist da bei ihm mit Jagen und Töten, das nichts mit Essenholen zu tun hat. Er hängt einen unterarmlangen zappelnden Katzenfisch an einen Haken und schlitzt ihn auf, ohne ihm vorher den Schädel eingeschlagen zu haben. Als er anfängt, ihn auszunehmen, bewegt er sich immer noch. Er holt mit der Angel kleine Fische raus, die niemand für eine Mahlzeit haben will, und läßt sie dann von der Veranda der Bootstation auf einen Holzplanken im Wasser runterfallen. Jagen und Fischen, das ist mein Leben, sagt er, seit ich ein kleiner Junge war. Aber in Wahrheit sind ihm nur ein paar Spurenelemente davon übrig geblieben. Die Geräte machen nur noch Zeitvertreib. Die anderen belächeln ihn.

22.4. Zum ersten Mal in meinem Leben mit 51 Belgiern in einem Raum. Was nicht heißt, daß ich sie von den Amerikanern hätte unterscheiden können. Der dicke Radiomoderator begrüßt sie während seiner Liveshow aus Fred's Lounge in Mamou. Die Hölle ist los, die Sau rausgelassen. Ich bestelle an der Theke einen Kaffee, es ist zehn Uhr vormittags, es gibt keinen. Erinnere mich an einen Mittag in einer Münchner Wirtschaft, wo ein Gast einen Tee mit Milch bestellte und den Kellner damit wütend machte, sie wären doch hier kein Krankenhaus! Donald Thibodeaux schwenkt sein selbstgebautes Knopfakkordeon wie eine Schaukel, die Zigarette lässig im Mundwinkel. Das funktioniert wie eine mit der Zunge gespielte Stromgitarre[22], die Begeisterung explodiert. Der Triangelspieler kippt immer wieder aus dem Takt, aber er zwinkert Frauen zu, die in den Ring gepreßt sind, der sich immer dichter um die Musiker schließt. Der Moderator stellt die Länderfrage. Wer den weitesten Weg hergefunden hat, soll einen Preis kriegen. Keiner von uns ruft Germany. Für die Belgier gibts ausnahmsweise einen Gruppenstärkepreis. Die alte Tante Sue mit den lila schimmernden weißen Haaren gräbt sich wieder ans Mikrofon durch, um ein Volkslied zu schmettern.

– Hab ich euch schon erzählt, daß ich mit meinem Akkordeon auch ganz gut umgehen kann, sagt sie und zieht mit den Fingerspitzen vorn an ihrer Bluse.

23.4. In den späten 40er Jahren sind wir oft aufs Land rausgefahren. Der Barkeeper reichte den Schwarzen ihre Getränke zur Hintertür raus, und manchmal saßen da welche, einer spielte Akkordeon und einer trommelte mit Löffeln auf einem Stuhl herum oder schnarrte mit den Flaschenöffnern übers Waschbrett. Das ist Zydeco, meint Lee Lavergne von Lanor Records, wenn man's genau nimmt.

24.4. Am Straßenrand halten und sich im endlosen Horizont verlieren wie ein Truck auf dem Highway. An welchen Äußerlichkeiten mögen wir ihre Seele erkennen? Ich weiß es nicht. Vielleicht an den vielen wegfahrbaren Häusern, oder daß die festen Häuser meistens aus Holz sind und die Gärten davor selten einen Zaun haben. Die

22 Diese umwerfende Eindeutschung ist leider nicht von mir, sondern von Werner Fritsch.

Seele eines Landes beschreiben, das ist wie dichter Nebel, sichtbar, aber nicht zu fassen. Sie lagert sich in dir ab und wird vielleicht Jahre später auf eine Weise hochgespült, daß eine Übersetzung in Worte möglich ist. Möglicherweise bei Bruce Chatwin irgendsowas gelesen. Was bedeuten würde, daß es völlig sinnlos ist, nach den richtigen Worten hier und jetzt zu suchen. Daher die vielen Fotobände. Als wollte man den Nebel sehen und nicht das, was dahinter steckt! Genauer nachdenken, ob das Quatsch ist oder nicht! Wenn du in der Kneipe deine Dose zusammendrückst, dann gilt das als Bestellung der nächsten. Das steht fest.

25.4. Wir treffen den Mann, der die erste Single mit der damals 13jährigen Dolly Parton gemacht hat, die Countrysängerin, die auch für ihre Oberweite berühmt ist.[23] Eddie Shuler ist über 80, immer noch auf der Suche nach dem nächsten Hit für seine Firma und jederzeit bereit, den Musikliebhaber mit Anekdoten zu unterhalten. Die Strahlung von Dollys Stern dagegen hat etwas nachgelassen. Sie findet keinen Interessenten für eine neue Fernsehshow. Dennoch scheint das Werbekonzept einer Brauerei aufzugehen, die mit ihr für die neue Light-Version ihres normalen Biers wirbt. Der Slogan heißt natürlich: Beide sind Spitze! Ehe sich Eddie Shuler wieder hinter seine alte Schreibmaschine setzt, schenkt er jedem von uns ein

23 Als da sind, wie das Magazin *Stern* in Nr. 22/93 meldet: 124 cm. Außerdem wird die Künstlerin, die die meisten ihrer Songs übrigens selbst geschrieben hat, so zitiert: „Wir haben uns gegenseitig reich und berühmt gemacht. Dabei weiß ich nicht mal, ob sie mich angeschoben haben oder ich sie." Hin oder her, Wahrheit oder Poesie — kein geringerer als Zydeco-Superstar John Delafose wird im Begleitheft zu seiner jüngsten Scheibe so zitiert: „Wir sind mit Country-Musik verbunden, ist nicht so selten, daß wir Dolly Parton hören..."

großformatiges Foto von Dolly als kleinem Mädchen und einen Kugelschreiber mit der Aufschrift: Geklaut von Goldband Records!

26.4. Um 19 Uhr 12 die Grenze nach Texas passiert! Muß an den Spruch denken: From Hell to Texas. War in der Hölle, und dann mußte ich auch noch nach Texas. Die freundlichen Cajuns haben uns oft darauf hingewiesen, daß Texas nicht Louisiana ist. Wir merken es schon beim Abendessen. Das Bier wird in Gläsern serviert.

27.4. Jetzt haben wir sie endlich, diese gottverdammt endlosen Straßen ins Nichts, diese Straßen wie filterlose Zigaretten, verwaschene Bluejeans, Mädchen mit Sonnenbrillen, akustische Gitarren, flimmernde Luft über dem Asphalt und all das, Herrgott, es gibt sie wirklich, und wenn man eine Weile auf ihnen dahingefahren ist, möchte man nie wieder anders leben, nie wieder aussteigen aus diesem endlosen Cinemascope, außer wenn die Sonne vom Horizont halbiert wird und ein von Kugeln durchlöchertes Schild auf ein billiges Motel verweist.

28.4. Das ist nicht Texas. Das ist der Osten von Texas. Und trotz der Straßen und Häuser muß ich mich mit heimatlichen Gefühlen auseinandersetzen, denn der Osten von Texas erinnert mich stark an mein Voralpenland. Sattes Grün, sanfte Hügel, fette Kühe. Und im Radio auch noch stundenlang Polka, Blasmusik, Ländler. Wo bin ich? Wer bin ich? Wo komm ich her? Komm ich nach Hause? Die Frau und die Freunde verlachen mich. Ein Mann braucht keine Heimat. Heimat ist da, wo man sich aufhängt.

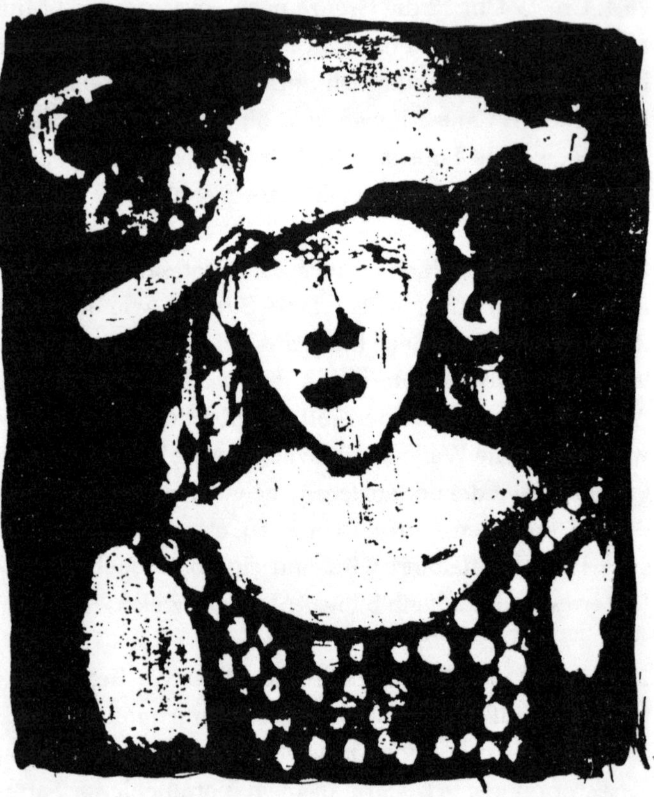

29.4. Erinnere mich an einen Satz aus dem amerikanischen Tagebuch *Motel USA* von Jürgen Ploog: Die Landstraße ist etwas, das im Hirn passiert. Und noch einer springt rüber, aus irgendeinem anderen seiner Bücher: Unnötig, einen steifen Schwanz zu beschreiben.

Erinnerung an einen versoffenen Abend in München, als Kiev Stingl auf Ploog (im Anzug) deutete und leise sagte: Der Ploog da, das ist einer der wenigen seriösen Typen in diesem Scheißliteraturbetrieb.

Und wie Ploog von irgendjemand gefragt wurde, ob er Drogen nimmt, und er antwortete, Piloten nehmen keine Drogen, die müssen immer einen klaren Kopf haben.

Immer wieder die vielen Münchenbilder in meiner intimen Diashow. So leicht läßt sich keine Stadt abhängen, in der du zwölf Jahre gelebt hast. Du bist zwei Jahre in einer neuen Stadt und stehst immer noch mit den Koffern am Bahnhof. Du siehst deine kleine Tochter, wie sie tausende Kilometer fern von dir am Fenster steht und dem Regen zuschaut.

Das ist der Motel Blues.

Du siehst deiner Frau zu, wie sie aus dem Bad kommt und sich ein Handtuch um die Haare macht.

Das ist der Motel Blues.

30.4. Aber man hört ihn nur, wenn man auf dem Bett liegt, Schuhe an, Bier trinkt, Dosenbier oder Whiskey, Fernsehn, die Männer Oberkörper nackt, die Frauen in Unterwäsche. Zigarettenpackungen zuwerfen, wenig sprechen.

– Da ist doch jemand an unserem Auto.

– War im Fernsehn.

– Ist nicht unser Auto.

– Ist nichts zu holen.

1.5. (Keine Eintragung.)

2.5. Was man anfängt, muß man auch zuende bringen. Außerdem fehlt meinem Werk eben ein ordentliches Reisetagebuch, und wer weiß, ob sich vor der größten Reise nochmal die Gelegenheit ergibt.

Wir nähern uns nicht nur dem Ende unseres Ausflugs, sondern auch (timing ist alles) seinem eigentlichen Ziel, das, wie alle großen Ziele, in der Mitte eines Dreiecks liegt[24], das in diesem Fall von den Städten San Antonio, Austin und El Campo gebildet wird. Am alten Highway 90 liegt (oder steht) das Städtchen Shiner. Der ganze Stolz der zweitausend und paar Einwohner ist „das größte Museum der Welt". Wallfahrtsort für Bierkenner und Bierdosensammler, ist es außerdem ein Dokument für das unerschütterliche Selbstbewußtsein einer der letzten unabhängigen Kleinbrauereien der USA.

Es ist mittag, als wir mit unserem treuen roten Buick langsam in den Ort hineinfahren. Es ist mittag, es ist heiß, und der alte Stadtkern sieht aus, als würde gleich eine Horde johlender Cowboys durchpreschen und in einer Staubwolke vor dem Half Moon Saloon haltmachen, dem ältesten Gebäude der Stadt, ein ziemlich schwer einzunehmender großer gemauerter Flachbau an der Kreuzung Highway 90 und Bahnlinie. Bis 1887 hatte der Ort Half Moon geheißen, dann kam die Eisenbahn und schob ihn ein paar Kilometer weiter, und bei der Gelegenheit wurde er auch gleich umbenannt nach dem Mann, dem das Land gehörte, Henry Shiner, und weiß der Teufel, warum es vor

24 Im Interesse der authentischen Wiedergabe des Tagebuchs hat sich der Autor durchgerungen, auch derartig schwache Scherze dem Leser nicht vorzuenthalten und hofft auf Verständnis.

allem die deutschen und böhmischen Auswanderer hierher zog. Diese Gegend im Osten von Texas ist voll mit Ansiedlungen, die Weimar, Schulenburg, Neu Ulm oder Praha heißen, und ich bin keine Sekunde ungläubig, als mir ein alter Mann erzählt, die Bestrebungen nach einem eigenen Nationalstaat wären hier stärker denn je.[25] Ein deutsches Land in Texas, hübsche Vorstellung, und als Fernziel die Vereinigung.

Viele von diesen Einwanderern hatten an der Revolution 1848 teilgenommen und waren froh, daß Deutschland für sie nur noch ein Fleck auf der Landkarte war. Aber das Bier, das machte ihnen schwer zu schaffen, und sie schreckten auch viele Jahre nicht davor zurück, es in ihrer Freizeit selbst zusammenzubrauen. Erst 1909 gelang es, einen Fachmann aus der alten Heimat herzuholen. Das war Kosmos Spoetzl aus Rosenheim. Mit nichts als ein paar unbezahlbaren Familienrezepten stampfte er seine Brauerei aus dem Boden, die der Staat Texas vor einigen Jahren sogar zur historischen Stätte erklärt hat.

Kosmos war ein echter Pionier, einer dieser längst ausgestorbenen Typen, bei denen sich Tatkraft und Geschäftssinn mit Menschenliebe verbunden haben. Als 1919 die Prohibitionsgesetze endgültig auch die Bierbrauer betrafen und vor allem viele kleine Brauereien abschossen, stell-

25 In mehreren Radiosendungen hat Thomas Meinecke, der mit FSK naturgemäß eine *Budweiser-Polka* einspielen mußte, diese Gegend genauer betrachtet. „... daß selbst die beiden Weltkriege die deutsche Sprache in den USA nicht haben ausmerzen können, überrascht.“ Erst die „televisionelle Gleichschaltung der Jugendkultur in den 60er Jahren“ habe, wie auch bei den Cajuns in Louisiana, dafür gesorgt, daß die „mitgebrachte Muttersprache binnen weniger Jahrzehnte“ aussterben werde. (Nach: Bayerischer Rundfunk, Hörspiel 93/1, S. 16).

te er seine Produktion sofort auf near-beer um, Beinahe-Bier[26], und sogar auf Speiseeis. Der wegen seiner Leutseligkeit überall beliebte Spoetzl überstand diese 14 Jahre, die so viele kriminelle Elemente hervorgebracht haben[27], und sogar ehrenhaft. Für ihn waren Gesetze das, was sie für jederman sein sollten: Kein Grund, seine Freunde im Stich zu lassen. Als bald nach diesen trüben Zeiten der alte Holzbau durch ein modernes Steingebäude ersetzt wurde, ging sein größter Traum in Erfüllung.

Auf einer Grundfläche von etwa 100 qm zeigt das Museum nicht nur die Brauereigeschichte. Man kann auch das Shiner Bierkochbuch, T-Shirts, Schlüsselanhänger und die Cassetten der Brauereikapelle Shiner Hobos kaufen, in der allerdings keiner der 39 Angestellten mitspielt. Nur Bier gibts hier keins, und die Brauerei selbst ist am Wochenende geschlossen.

Auf einem Beifahrersitz eine Schwarte: Die Bibel des Bierdosensammlers.

Wir machen uns auf den Weg in die amtliche Kneipe, die natürlich Shiner Bar heißt, um die Shiner-

26 Ein Getränk, das manchem älteren bayrischen Mitbürger als (wesentlich kräftigere!) Hopfenbrause bekannt sein könnte. Nachdem die US-Militärregierung mit gutem Grund am 15.10.1945 die Herstellung von Bier verboten hatte, machte sie im Februar 1946 einen Rückzieher und erlaubte Brauprodukte bis zu 0,4% Alkohol, um aber nach wenigen Wochen schon wieder die ganz harte Tour zu fahren. Dieses Jein und wieder Nein zog sich bis in den Spätsommer 1949! Im echten Leben war die Sache aber viel weniger spektakulär, als es sich hier liest, denn das Verbot betraf ja nicht den Verkauf der Vorräte. Die Frage drängt sich geradezu auf: Wäre die bayrische Geschichte besser verlaufen, wenn?

27 Wie heißt es so schön bei Elmore Leonard: „Dann befehle ich Ihnen als Sheriff dieses County, den Whiskey herauszugeben, fuhr Mr. Baylor eisern fort. Bevor meine Jungens hier vor Durst umkommen!" In: *The Moonshine War* (dt. *Schwarzer Schnaps und blaue Bohnen*, S. 23, Reinbek 1973).

Werbeslogans: „Das kleine Bier mit dem Geschmack so groß wie Texas" für das Helle, für das dunkle Bockbier die unvergleichliche Formel „Bock & Roll", endlich auf ihren Wahrheitsgehalt[28] zu überprüfen.

Wir haben wenig erwartet und sind angenehm überrascht. Auch wenn er, oder vielleicht auch gerade weil er deutlich schwächer als der unsere ist, hat's uns der Bock besonders angetan. Oder um es auch mal in der Fachsprache auszudrücken: Dieses Bier ist nur leicht gehopft und nicht zu aromatisch, aber auch nicht zu mild, sondern eher gehaltvoll, ohne freilich schwer zu sein.

Wir freuen uns immer, wenn uns Leute aus der alten Heimat besuchen, sagt der Wirt, willkommen im schönsten Land der Staaten.

Dann sagt er noch was: Es stört euch hoffentlich nicht, daß wir hier das Bier kalt ausschenken.

Aber zuletzt rechnet er unsere Zeche auf zehn Dollar zusammen. Als hätten wir zu viert sechs Bier getrunken.

3.5. Die Zeitungen sind voll davon, daß dieser Tage in Washington ein ganz anderes Museum eröffnet worden ist, das Holocaust Memorial Museum. Um die Floskel von den vollen Zeitungen zu präzisieren: Das Ereignis steht in der Mitte der Titelseite und wird dann auf drei ganzen Seiten gewürdigt. In keiner besonderen, in einer bei uns völlig unbekannten Tageszeitung.

Ich hör einen riesigen deutschen Chor brüllen: Indianerholocaust! Daß er sich aus diesem Anlaß zusammentut, von seinen Mitgliedern ganz zu schweigen, zeigt die

28 Die Bezeichnung Bock kommt übrigens weder vom Tier noch das Bier aus Bayern. Ab Mitte des 16. Jahrhunderts haben bayrische Brauer versucht, es mit den Braukünstlern der norddeutschen Stadt Einbeck aufzunehmen. So kam das Einbeck auf den Bock.

Verlogenheit.[29] Noch eins steht fest: Die Deutschen haben keine Armee zur Verteidigung oder Befreiung der Indianer in den Krieg geschickt, und deshalb kann es bei uns kein entsprechendes Museum geben. Noch eins steht fest: Bis 1993 hat kein bayrischer Ministerpräsident die KZ-Gedenkstätte Dachau betreten. Haben wahrscheinlich an Gedenktagen nie Zeit gehabt, mußten dann immer in kalten Kirchen herumstehen und Kerzen für gelynchte Nigger anzünden. Kann mich gut erinnern, auf den Titelseiten kam das dann immer ganz groß.

Aber wenigstens ehrlich sind sie gewesen, die bayrischen Ministerpräsidenten, muß man schon sagen. Oder anders gesagt: Es muß nicht viel heißen, daß Streibl als erster von ihnen an diesem Ort in betroffenem Schweigen dagestanden hat, aber daß das von den anderen keiner getan hat, das sagt alles. Und wieder anders gesagt: Wenn ein Stoiber diesen Traditionsbruch kein einmaliges Ereignis bleiben läßt, könnte ja sein, und auch dorthin geht, um zu beten, oder was immer diese Lippenbewegungen bedeuten mögen, dann kann einem nur noch diese Indianerweisheit einfallen, daß kein großer Mann sein muß, wer auf einem Berg steht.

4.5. Vor dem Eingang der First National Bank ein alter Akkordeonspieler. In der texanischen Glut vor ihm breitet sich ein Flohmarkt aus. Habe ich eine Halluzination oder haut mich der Bock um am frühen Nachmittag? Was der spielt, klingt eins wie das andere nach bayrischem Volksliedgut, oder böhmischem, kenn mich nicht so gut aus damit. Zwar ganz modern unplugged, aber trotzdem

29 Eike Geisel hat das dann umfassend und in aller Schärfe auseinandergenommen (*Die Bauchredner der späten Geburt*, in: *Konkret* 6/93).

schwer verwirrend. Alte Männer mit Cowboyhüten und Stiefeln stehen um ihn herum.

Der Mann vom Imbiß-Stand mit der grünen Schürze und den wenigen weißen Haaren auf dem Kopf ist ganz begeistert, als er hört, woher wir kommen. Gleich müssen wir zum Bierstand mitkommen. Man kann ja nicht nein sagen. Auch die Mädchen vom Bierstand strahlen sofort.

– Wißt Ihr das eigentlich, daß es hier praktisch keinen gibt, der keine deutschen Vorfahren hat?

Er selber ist eine Ausnahme, aber seine Frau entstammt der alten Hamburger Familie Wellhausen. Wir gehen mit ihm zu ihr. Sie ist zwar freundlich, aber seine Begeisterung für diese Leute aus der Heimat von längst toten Vorfahren teilt sie nicht, und es scheint ihr auch etwas peinlich zu sein, daß ihr Mann schon einen in der Krone hat. Wir erzählen irgendwas über Bayern, die Berliner Mauer und so Zeug.

Auf meine Frage nach einem Museum (was soll dieser Museumswahn am Ende der Reise?!) pfeift er seinen Sohn her, der ihm einen Schlüsselbund gibt. Er muß uns was zeigen, auch eine Art Museum. Wir gehen zum Eingang der Bank und er sperrt die Tür auf. Er ist der Direktor der Bank.

Scheiße, der Mann ist so Klasse, und die Batterie der Videokamera fast am Ende.

Die Bank ist vom Urgroßvater seiner Frau gegründet worden. Er zeigt uns in der Halle die Vitrinen, die ihm gewidmet sind. Spazierstock, Fotos, ein Vorderlader, eine Uniformjacke. Eine Kavallerieeinheit hat er in einer unbedeutenden Schlacht zum Sieg geführt.

– Ihr wißt ja, daß wir auf Seiten der Rebellen gekämpft haben?

Klar. Er läßt Asche auf den Teppichboden fallen und sein Becher neigt sich immer wieder gefährlich. Dann führt er uns in sein Büro, wo es eine Vitrine zur Geschichte der Bank zu sehen gibt, alte Visitenkarten, Luftaufnahmen, Formulare.

– Sicher, die Brauerei ist unser wichtigster Geschäftspartner, die Brauerei ist das Herz der Stadt. Die Brauerei und die Bank!

Neben seinem Büro gibt es einen Raum, der als Gemeindezentrum funktioniert, jeder kann dort eine Versammlung abhalten.

Ich frage, ob Jesse James diese Bank auch mal überfallen hat.[30] Das ist natürlich nichts anderes als bei uns die Franz Beckenbauer-Frage. Soweit er weiß, ist hier noch nie was vorgekommen. In seiner zehnjährigen Amtszeit ist einmal ein betrunkener Neger nachts irgendwie reingekommen, hat 20 Dollar gefunden und ist eingeschlafen, das ist alles.

– Unser Sicherheitssystem ist übrigens perfekt, ich führ's Ihnen mal vor.

Er zieht die unterste Schublade von seinem Schreibtisch auf. Ein fetter 6-Schuß-Revolver mit kurzem Lauf liegt drin.

So ist das also in Texas, in den Kneipen gibts keinen Whiskey und in den Banken keine Videoüberwachung!

Der nächste Mann, der uns draußen was erzählt, ist schon wieder ein alter Mann. Das merkwürdige Gefühl, daß einem nur alte Männer was erzählen.

– Heutzutage ist es so, daß unsere jungen Mädchen den Niggern nachlaufen. Wenn früher ein Nigger was mit einer Weißen hatte, dann sind wir mit dem in den Wald

30 Was totaler Blödsinn ist, weil die Bank erst nach seinem Tod 1882 gegründet wurde.

gegangen. Und dann die vielen Mexikaner. Gibt's bei euch auch so viele Mexikaner?

Wie man so sagt: Es ist Flohmarkt, und die ganze Stadt ist auf den Beinen. Aber ich hab nur eine handvoll Schwarze und Mexikaner gesehen, nicht mehr als fünf. Womöglich sind alle Weißen der Stadt auf den Beinen.

5.5. Showdown in Waco, Texas. Der möglicherweise neue Messias David Korresh und die meisten seiner Anhänger werden von Spezialagenten des FBI zur Hölle geschickt. Wir sehen die Fernsehberichte in einer heruntergekommenen Kneipe namens Otto's Place, Brenham, Texas. Eine Tante und die Oma von Korresh. Immer wieder faszinierend: So ein übler Arsch einer auch gewesen sein mag, immer sitzen bei solchen Anlässen Frauen da und weinen und erklären, was er doch für ein guter Junge gewesen ist. Was mich verblüfft, ist, daß Volkes Stimme, also zwei davon, sagt, daß das FBI Scheiße gebaut hat.

– Okay, wahrscheinlich waren sie nur eine Horde Verrückter und aus der Gruppe heraus wurden Polizisten erschossen, aber sie hatten ein Recht auf Leben. Stell dir das vor, die sind mit Tanks auf sie losgegangen, die haben Vietnam gespielt! Warum haben sie sie nicht einfach ausgehungert, warum haben sie diese Scheißmedientruppe nicht erstmal weggeschickt? Ich will dir was sagen, das Ganze mußte mit einem Spektakel enden, weil CNN die Einsatzleitung hatte.

Endlich die Gelegenheit, eine Diskussion über ihre Waffengesetze zu führen.

– Aber ihr seid doch auch selber schuld, daß solche Sachen passieren, warum kann sich jeder Idiot bei euch alle möglichen Schießeisen kaufen?

– Das trifft die Sache nicht. Wenn du ein Schießeisen

willst, dann kannst du's dir immer und überall kaufen, das ist bei euch auch nicht anders.

– Trotzdem.

– Du darfst eins nicht vergessen: Wenn Waffen outlaw sind, dann haben nur noch Outlaws Waffen![31]

– Trotzdem.

– Nur ein Irrer würde auf die Idee kommen, nachts in mein Haus einzubrechen, seine Chance wäre bestenfalls 50:50. Darum geht's.

– Trotzdem, ihr habt ein Waffenproblem.

– Ja, in den Großstädten, aber nicht in Brenham, Texas. Vielleicht kriegen sie die Schwulen ins Militär, von mir aus, aber sie kriegen uns nicht dazu, daß wir unsere Kanonen abgeben, nicht wir hier unten im Süden.

In Otto's Place in Brenham, einem Laden, den bei uns längst irgendwelche Behörden geschlossen hätten, stand die erste Musikbox, die was von Johnny Cash hatte. Die erste nach 50 oder 100.

6.5. Wir verabschieden uns von Texas. Kein Zufall, daß das Radio die Melodie einer ganz besonderen Polka ausspuckt, deren Text ich von einer bretterdicken alten Decca-Scheibe kenne, eine Aufnahme mit dem Whoopie-John-Orchestra. Mein Freund, der Weinhändler, hat sie aus irgendeiner Kiste rausgefischt, bevor sich das Cover vollends auflösen konnte, und mir mit der Bemerkung geschenkt, ich würde doch auf so alten Amischeißkram stehen.

In heaven there is no beer
that's why we drink it here
and when we're gone from here
our friends will be drinkin all that beer.

31 „If guns were outlaw, only outlaws wear guns!"

7.5. Mein Dad hat Geburtstag. Zum ersten Mal in seinem Leben kriegt er einen Anruf aus New Orleans! Ob uns der Urlaub mehr gebracht hat als nur einen kaputten Magen, will er wissen, und ich erzähle ihm, daß die Cajuns garantiert zu den größten Kochkünstlern der Welt gehören.

– Du kannst mir viel erzählen!

Yeah, ganz mein Dad. In Shiner, Texas (es macht einfach großen Spaß, irgendwelche Ortsnamen zu schreiben und dann: ‚Texas) habe ich mir vorgestellt, wie er bei diesen alten Männern steht, mit Cowboyhut und Stiefeln, und diesem Akkordeonspieler zuhört. Vergeblich.

8.5. Der Verdacht, daß mich das Sitzen in Flugzeugen nachdenklich, melancholisch und pathetisch macht. Im Himmel gibts kein Bier. Das ist der Preis eben. Aber hier. Muß daran liegen, daß die Hölle der Erde näher ist als der Himmel. Es mußte erfunden werden.

9.5. Wir kommen in unseren Hof rein. Der Hausmeister steht da, er deutet auf mein Fahrrad.

– Herr Dobler, Sie sollten Ihr Fahrrad nicht unversperrt herumstehen lassen, oder wissen Sie nicht, daß bei uns in Lechhausen viel gestohlen wird?

Nachts im Lokal. Endlich wieder solides deutsches Bier. Wir lassen die Dinger zurückgehen.

– Das ist aber wirklich zu warm![32]

Das ist das Ende.

32 So hat eben jedes Land seine Probleme.

LETZTE RUNDE

du hast ne welt für dich alleine
es ist niemand da
(Die Regierung)

Ich erlebte es nur ein einziges Mal, daß Max eine Lokalrunde ausgab, und einer, der schon seit 100 Jahren sein Geld in diese enge dunkle Kneipe trug, konnte sich auch nicht erinnern, daß es das schon mal gegeben hätte.

Dabei war Max keineswegs geizig. Wenn die letzten der Familie gegen halb zwei rausgingen, hatten sie wahrscheinlich noch ein Glas spendiert bekommen, und das war dann meistens kein billiger Trick. Und wie jeder gute Wirt hatte Max einen Block herumliegen, auf dem Namen und Zahlen standen. Es war nicht ganz einfach, auf den Block zu kommen, aber wer mal drauf war, kam nicht so schnell wieder runter. Trotzdem war das System nicht allzu gefährlich, Max spielte nicht die Heilsarmee. Die Schulden waren nach oben limitiert und jeder hatte sein eigenes Limit, das Max nach dem Gesetz von Pi mal Daumen festlegte. Menschenkenntnis allgemein mal Erfahrung mit dem Antragsteller mal Tageslaune des Kreditgebers geteilt durch die finanzielle Durchschnittskurve beider Parteien und als Spezialfall nicht ausgeschlossen bei Frauen geschlechtsbedingte Anziehungskraft. So ungefähr. Als ich in den Block aufgenommen wurde, verkehrte ich schon ein halbes Jahr bei Max, mal 3, mal 4 Abende die Woche, 2 eher selten und 6 auch.

Eines Abends schrieb also Max auf seinen Block: Franzmann 75.

Ich war früh da und hatte mich deshalb allein mit den Pfeilen spielen können. Ich spielte hier selten, denn es war kein guter Platz für Darts, weil man beim Zielen immer mit einem Ohr an der Tür sein mußte, wenn man nicht plötzlich die Klinke ins Kreuz kriegen wollte. Mir machte es nur dann Spaß, wenn Max die Tür abgesperrt hatte und Geldscheine in der Mitte der Scheibe befestigt wurden, die im Dunkeln nicht so leicht zu treffen sind wie man denkt. Dann waren andere Spieler gekommen und als sie einsteigen wollten, stieg ich aus. Was aber sofort falsch verstanden wurde. Also war ich dabeigeblieben und hatte prompt eine schlechte Serie erwischt.

Bei Gelegenheit, Franzmann. Laß dir keine grauen Haare wachsen, sagte Max. Wie Männer so reden, die sich sympathisch sind, ohne sich besser zu kennen, und von Natur aus nicht unhöflich, und ich sagte, er soll 2 eingießen und sie dazuzählen. Er zählte gar nichts dazu und trank auf das Wohl meiner Mutter.

– Hör mal, Max.

– Wenn's keine traurige Geschichte ist.

– Was würdest du mir denn für ein Limit geben? Nur informationshalber.

– Du bist Künstler, stimmt's?

Ich zuckte zusammen. Ich konnte mich nicht erinnern, hier jemals irgendeinem davon erzählt zu haben, es hatte sich nie ergeben und ich war nie gefragt worden und ich war nicht traurig deswegen. Alles, was man wußte, war, daß ich Taxi fuhr. Jetzt kam ich mir vor, als hätte ich mir einen gelben Schal um den Hals gelegt.

– Nicht schlecht. Aber welche Branche?

– Taxi ist klar, und hauptberuflich, ich schätze Dichter,

doch, Dichter. Oder umgekehrt, da bin ich mir jetzt nicht sicher. Ich würde sagen, eher umgekehrt.

– Falsch. Film.

– Auch nicht schlecht. Und Hauptberuf?

– Auch Film. Aber schon mit viel Taxi, leider.

– Mach dir nichts draus, Franzmann, das hat noch keinem geschadet.

– Hoffentlich.

– Sagen wir 150, korrekt?

– Mehr als korrekt. Was hättst du mir denn gegeben, wenn ich Dichter gesagt hätte?

– 300.

– Was!? Wieso gibst du einem Dichter doppelt so viel wie einem Filmer!? Versteh ich nicht.

– Ganz einfach. Erstens hatte ich hier mal 3 Tage lang eine Filmcrew auf dem Hals, und zweitens hab ich für Dichter was übrig.

Da sangen die Engel, welch seltener und großartiger Satz, und ich fragte mich, ob mir das jemals jemand so stark und einfach gesagt hatte. Ich hab was für Dichter übrig! Nicht für die großen oder die lustigen, die Schweizer oder die sozialkritischen, nein, einfach für Menschen, die Worte hinschrieben, um ihnen einen Sinn zu geben. Und ich hatte es in 6 Monaten diesem Mann über 40 mit Bauch und großer Klappe nicht angemerkt. Ich grinste ihn breit und blöd an.

– Max! Ich habe dich angelogen! Du warst genau richtig, sogar mit dem Hauptberuf!

Und er grinste auch. Weil ihm das jetzt die Arschfalte runterlief — ein Filmer, der behauptete, ein Dichter zu sein, weil er ein höheres Limit haben wollte! Die Witze, die man sich bei Max erzählte, waren nicht die besten, aber der war weit unter der Schmerzgrenze und mir blieb nichts anderes übrig, als bis zum Äußersten zu gehen. Ich streckte ihm meine Rechte hin und sagte: Ehrenwort! Einen Mann wie Max konnte das nicht kalt lassen. Männer in Stiefeln, intakten Bluejeans und Holzfällerhemden verstehen diese Sprache, wenn sie keine Deppen sind. Wir waren hier nicht die einzigen.

– Die Wüste lebt, Max!

– Schluß mit Urlaub!

– Laß den Franzmann endlich in Ruhe!

Max drehte sich um und ging zur Theke gegenüber, wo unter den Zapfhähnen halbgefüllte Biergläser standen. Die Theke, das waren 4 Theken, die ein Quadrat in der Mitte des Raums bildeten, und in der Mitte des Quadrats stand ein Turm aus Regalen bis zur Decke rauf. In den schmalen Gängen zwischen den 4 Theken und dem Turm war Max unterwegs. Ich schaute ihm zu, wie er sich den Gläsern widmete. Dann verschwand er auf die Seite des Turms, wo ich nicht hinsehen konnte, und kam nicht wieder, und ich dachte, Scheiße, das hat er tatsächlich krumm genommen. Mein Glas war leer, aber ich hatte keine Lust, Max zu rufen.

Dann stand plötzlich ein volles Glas da, und er streckte mir seine Hand hin. Als ich sie drücken wollte, zog er sie ein Stück weg und sagte: Ohne Beweis geht das nicht mehr, das ist ja wohl klar.

Völlig klar, sagte ich, und 2 Männer in Holzfällerhemden schüttelten sich endlich die Hände, um eine Angelegenheit aus der Welt zu schaffen, die auch schlimm hätte ausgehen können.

– Morgen kriegst du was von mir.

– Dir gehts wohl nicht gut. Jetzt sofort krieg ich was, und glaub bloß nicht, daß du mir irgendwelchen Mist auf den Deckel kritzeln kannst. Hören will ich was.

Ich war nicht begeistert, einen Notausgang schien es auch nicht zu geben. Nachdem ich ein paar Sekunden nachgedacht hatte, beugte ich mich rüber und winkte ihm, daß er auch näher herkommen sollte, schließlich ging das nur uns beide was an.

– Ich weiß nicht, ob ich's auswendig richtig hinkrieg, ich versuch's.

Max ging zum Recorder und drückte auf die Stoptaste. Dann schrie er in seine kleine Kneipe, daß sie ihm alle mal zuhören sollten, und das taten sie natürlich.

– Unser Franzmann hier hat grade ein Geständnis abgelegt! Er ist eigentlich kein Taxifahrer, sondern ein Dichter! Ich hab ihn überrredet, daß er mal was von seiner Kunst zum besten gibt! Also Ruhe jetzt! Und kein Spiel bis Ende der Vorstellung!

Alles johlte und brüllte, und ich betete um das Loch, das nie unter einem aufgeht, so schämte ich mich, und alle freuten sich und gafften mich an, ein in Bewegung geratener Brei aus Gesichtern, Liz mit der bunt bestickten Kappe auf den dicken blonden Haaren, Natalie mit den schwarz gerahmten Augen im schmalen Gesicht und all die anderen, die keine Familiennamen hatten, die mich Franzmann nannten und irgendwie okay waren. Es gefiel ihnen, daß ich mal die Hosen runterlassen mußte, und damit ihnen die Sache noch mehr Spaß machte, schaltete Max das Licht über dem Klavier an, das in einer Nische neben dem Gang zu den Toiletten stand, auf einem kleinen Podest. Die Knutschecke wurde das genannt, denn wenn man dort saß, war man in der ohnehin ziemlich dunklen Kneipe sehr gut verborgen. Jetzt war die Knutschecke hell und sah nach großer Einsamkeit aus. Aber ich wollte mich auch morgen oder übermorgen hier blicken lassen können, und also drängte ich mich durch Schulterklopfen und blöde

Bemerkungen und machte den Schritt zum Klavier rauf.

– Normalerweise ist es nicht meine Art, Leuten auf die Nerven zu gehen, die in Ruhe ihr Bier trinken wollen.

Bravo! brüllte jemand.

– Bleib dabei!

– Erzähl doch einfach 'nen geilen Witz, Franzmann!

Seid endlich still, ihr Idioten! schrie Liz, und als Max auch noch seine Handglocke einsetzte, wurden sie es, und ich mußte endlich anfangen mit dem Gedicht, das ich über meine Zeit als Polizeireporter bei einem Provinzblatt geschrieben hatte. Ich hatte recht gehabt, auf die Wirkung von diesem *Polizeireporter* zu setzen, sie sprangen sofort darauf an, und natürlich sagte ich ihnen nicht, daß der Ausdruck maßlos übertrieben war. Die Pressemappe der Landpolizei durchsehen war eben der passende Job für den Aushilfsheini, der übrigens von den Bullen am freundlichsten behandelt wurde. Es war Sommer gewesen und so wenig los, daß Zehnzeiler über geklaute Autoreifen gebracht wurden. Die erste Lachsalve fegte durch und ich fühlte mich besser. Mein Chef war ein gehässiger fetter Mann, immer mißgelaunt, konnte keinen leiden und keiner ihn. Jeden Tag, wenn ich ihm Meldung machte, keifte er mich an: Schon wieder nichts los! Kein Totschlag! Kein Garnichts! Als konnte ich was dafür. Aber eines Tages schaffte ich es, ihm die Schlagzeile zu bringen. Ein Unfall. Mit einer Kuh und 3 Autos. Sie gröhlten und pfiffen, daß ich schon aufhören wollte, obwohl ich erst die Hälfte geschafft hatte, aber Liz, die alte Nervensäge, kümmerte sich wieder um mich und schrie herum, um die anderen zum Schweigen zu bringen. Sie stand vor mir und kaute Kaugummi, was bei ihr aussah, als würden Zunge und Gummi auf Leben und Tod kämpfen. Natalie rauchte und schaute mir in die Augen. Sie hatte wieder dieses rote

Schmuckband um den Hals, das den Blick so anzog. Mit der Kuh, die schuld war, ging's also weiter und dann machte ich bis zum Schluß keine Kunstpause mehr. Ich zeigte ihnen, was eine linkische Verbeugung ist, es war die Verbeugung eines Siegers. Ich hatte gewonnen. Nicht wenige riefen, ich sollte weitermachen, aber ich dachte an die, die klatschten und zufrieden waren, und gab die Knutschecke frei. Max drückte wieder die Stoptaste, der Alltag kehrte wieder ein, und als ich bei meinem Hocker war, stellte Max schon ein frisches Gold hin. An eine Lokalrunde dachte niemand.

– Alle Achtung, Franzmann, du hast Talent, wirklich.

– Danke, Max.

– Ich will dir mal sagen, was mein Problem ist. Ich kann keine Bücher lesen, gibt mir nichts, egal was, ich schlaf ein.

– Hast aber was für Dichter übrig.

– Paß auf. Ich liebe Gedichte, wirklich, aber eben nur, wenn ich sie vorgelesen krieg. Wenn ich sie vorgelesen krieg, wenn das Gedicht schön ist, wenn die Stimme schön ist.

Ich winkte ab. Den Witz kenn ich von meinem Großvater, sagte ich, wenn die schöne Stimme nichts an hat und solche Titten und schön auf dir rumreitet.

– Du kannst mich mal, du verdammter Taxifahrer!

Sei nett zu dem Jungen oder du hast es mit mir zu tun, schrie plötzlich jemand neben mir, und so nah war ich Liz noch nie gewesen. Wir kannten unsere Namen, wir grüßten uns, wenn es sich so ergab, und irgendwann hatten wir mit anderen ein paar Runden gewürfelt, ohne mehr als 2 Sprüche miteinander zu reden. Nur vom Zusehen wußte ich einiges über sie, die jetzt eine ihrer Brüste an meinen Oberarm preßte. Liz hatte große Augen und große Lippen, und sie hätte damit nicht so nah an mich rankommen müssen, wie sie es tat. Du stehst jetzt unter meinem Schutz, sagte sie, und ihre Augen machte sie für einen Moment noch größer, und ich sagte: Danke. Natalie drüben drehte gerade den Kopf weg und knallte den Würfelbecher aufs Holz.

Liz orderte 2 Drinks. Sie sagte Drinks, und gemeint war Gin Tonic. Liz kam jeden Abend zu Max rein und bestellte ein Bier, und wenn sie Stunden später ging, hatte sie es nichtmal ausgetrunken. Der Rest war Gin Tonic, und deshalb wurde sie meistens Ginny genannt. Nur Max und ich sagten immer Liz. Max, weil er sie schon ewig zu kennen schien, und ich, weil ich solche Namen nicht ausstehen kann. Sie selber lebte mit beiden.

– Die Runde auf Ginny, Mäxchen!

– In Ordnung, Liz.

Ich war kein Freund von Drinks, aber der Held des Abends, der seine Fans nicht enttäuschen wollte, auch nicht diese junge Frau in weißer, enger Bluse und knielangem, giftgrünem Seidenunterrock. Wenn ich mich nicht schwer täuschte, dann stand quer über den Busen auf der Bluse das Wort Einladung.

Ich saß mit dem Rücken zur Theke gelehnt. Auf dieser Seite war so wenig Platz bis zur Wand, daß Liz genau zwischen meinen Beinen stehen mußte. Eine Hand auf meinem Oberschenkel, erzählte sie mir, daß sie auch grade vorhatte, ein Buch zu schreiben, einfach nur eins über ihr Leben, und ich sagte, daß ich gern mal die ersten Seiten lesen würde, und wenn man sie nicht lesen konnte, weil sie mit der Hand geschrieben waren, dann sollte sie mir eben vorlesen, und das hielt sie auch für eine gute Idee. Außerdem hatte sie kürzlich eine kleine Rolle in einem Fernsehfilm gehabt, in einem Gerichtssaal hatte sie als eine von mehreren Nutten ein bißchen herumkrakeelen müssen, aber eigentlich war sie schon auf dem Weg nach New York, um dort Klavier zu studieren, denn es war sinnlos, in Deutschland Klavier zu studieren, wenn man Jazz spielen wollte, oder noch lieber Blues.

– You know, baby, deep in my soul there's the blues.

Bei Max waren solche Aussagen keine Seltenheit, und ich habe sie nicht angelogen, als ich sagte, daß ich das sehr gut verstehen konnte. Liz bestellte wieder, und in der Zeit, bis Max die neuen Gläser hinstellte, hatten wir uns mit den Lippen und Zungen schon naß gemacht, meine Hände hatten festgestellt, daß ihre Brüste wirklich so groß und fest waren, und sie hatte mir kurz zwischen die Beine gelangt.

– Laß uns von hier verschwinden, sagte ich.

– Später, ich find's heute so schön hier.

Sie verschränkte die Arme hinter dem Kopf und wiegte ihren runden Hintern hin und her. Liz hatte eine Figur mit ziemlichen Rundungen, was mir gut gefiel, und eine Eigenart, die mir jetzt, aus der Nähe betrachtet, störend vorkam. Manchmal schien sie die Kontrolle über ihre Augen zu verlieren. Es war, als würde es klick machen. Ihre Augen verdrehten sich plötzlich so weit nach oben, daß nur noch das Weiße zu sehen war, ein kurzer Reflex, auf den mehrere Lidschläge folgten. Ich legte meine Hände auf ihre Pobacken, zog sie zu mir her und fragte, was sie da für Schmerzen an den Augen hätte, und die Augen machten wieder klick.

– Ich muß mal, hauchte sie mir ins Ohr, aber du darfst nicht mitkommen, du mußt noch ein bißchen Geduld haben, Schätzchen, scharfe Jungs soll man ein bißchen länger warten lassen.

Mir fiel ein Spruch ein, der was anderes behauptete und auch von einer Frau stammte. Max nutzte die Gelegenheit, um mir von Mann zu Mann ein paar gute Ratschläge zu flüstern. Ich hatte zwar nicht darauf gewartet, aber eine Überraschung war's nicht.

– Nur, damit das klar ist, Franzmann, und weil's mich eigentlich freut, daß du dein Bier bei mir trinkst, aber wenn du das Mädchen schlecht behandelst, dann hast du hier dein letztes Bier getrunken.

Max war eben ein höflicher Mensch. Ich verstand, daß er mir dann einige Knochen brechen würde. Ich hatte miterlebt, wie er mit Gästen umgesprungen war, gegen die er ohne seinen Gummiknüppel eigentlich keine Chance haben konnte. Allein schon deswegen wollte ich ihn nicht zum Feind haben.

– Was meinst du mit schlecht behandeln, Max?

– Vögeln bestimmt nicht, du Knallkopf! Aber mach nichts mit ihr, wo sie keine Lust drauf hat. Und wenn du jetzt schon weißt, daß sie dir spätestens morgen früh auf den Wecker geht, dann laß es. Ist besser so, glaub's.

– Aha.

– Herrgott! Stell dich nicht dümmer, als du bist, Franz! Du weißt doch, daß es mit Liz so eine Sache ist!

Alle hier wußten es. Liz trank eine Menge zuviel, nichts besonderes, das taten wir alle, aber Liz konnte einfach nicht damit umgehen, sie hatte kein Maß für Gin Tonic. Sie fing ziemlich schnell an zu schlingern, beim Gehen und überhaupt, sie wurde zu laut und übersah Gläser. Sie umarmte ihre Freunde und hörte auch nicht zu lachen auf, wenn sie unsanft weggeschoben wurde. Sie merkte es nicht, wenn sie verarscht wurde. Wenn sie einen hatte, der ihr zuhörte, dann konnte sie mit dem Reden nicht mehr aufhören, und manchmal redete sie, ohne daß ihr jemand zuhörte. Man brauchte keine besondere Beobachtungsgabe, um zu sehen, daß sie keine einzige Freundin hatte und daß all ihre vielen guten Freunde hier nicht die besten waren, und man mußte schon sehr blöd sein, wenn man nicht merkte, daß auch sie es wußte. Liz kämpfte darum, daß die guten Freunde so gut blieben, wie sie waren, und sie kämpfte auch mit den 2 stärksten Tricks. Den einen benutzte sie öfters, den anderen gelegentlich. Der eine war dieses unsichtbare Schild am Busen, das alle Männer, außer die toten, lesen können: Einladung zu allem. Der andere funktionierte auch nicht schlecht: Sie fing zu schreien an, sie tobte und heulte, sie riß an ihren Haaren herum und fegte die Theke leer, sie explodierte auf eine Art, daß es gefährlich für sie selber wurde, und wenn die Freunde sie dann festhielten, blieb nur noch das Weinen, laut, kreischend, furchtbar.

Vielleicht waren die Männer bei Max alles Drecksäcke, ich kann das schlecht beurteilen. Aber so hartherzig waren wir nicht, daß wir nicht sehr kleinlaut geworden wären, keiner von uns. Jeder wußte, daß es kein Trick war und daß sie nur einen echten Freund hatte, Max. Der paßte auf, daß sie nicht zu schlecht behandelt wurde. Warum ausgerechnet Liz unter seinem Schutz stand und warum er sie manchmal mit heimnahm, obwohl sie ihn nie so küßte wie mich, das wußte ich nicht, und das hieß, daß die anderen es wahrscheinlich auch nicht wußten.

– Mach dir keine Sorgen, sagte ich also zu Max, ich kann Liz gut leiden, das ist alles. Außerdem behandle ich Frauen grundsätzlich nicht wie Mülleimer, wofür hältst du mich?

– Ich wollt's dir nur gesagt haben, Franzmann.

Er sah nicht glücklicher aus als vorher, und ich war ganz froh, als ich sah, daß Liz bei einem ihrer Freunde hängengeblieben war. Ich fühlte mich soweit wieder in Ordnung, daß ich nachdenken konnte. Natalie und Doc Watson, der natürlich so hieß, weil er angeblich versucht hatte, Mediziner zu werden, bewunderten seine neue

Tätowierung auf dem rechten Oberarm. Diesmal war's ein Kunstwerk, für das er mindestens 500 bezahlt hatte. Natalie hatte eine Vorliebe für ärmellose T-Shirts mit weiten Ausschnitten unter den Armen. Wenn sie günstig saß und man selber auch, durfte man ihre Brüste bewundern. Sie waren kleiner als die von Liz, aber nicht klein. Sie sahen perfekt aus. Liz redete immer noch auf den Langhaarigen ein. Es mußten immer Langhaarige sein, die nach Rockband aussahen, nach den klebrigen Gitarren, die eigentlich längst auf dem Schrott liegen sollten. Ich war die Ausnahme. Natalie war unter den Armen rasiert. Günstiger als ich an diesem Abend saß keiner.

Als ich sah, daß Liz zurück kam, hatte ich mich entschieden. Max hatte mich nur daran erinnert, daß ich zu viel mitbekommen hatte. Es war besser, die Sache mit Liz zu beenden, und ich strahlte nicht, als sie wieder zwischen meinen Beinen stand. Du bist doch hoffentlich nicht eifersüchtig, sagte sie. Dann nahm sie mein Ohrläppchen zwischen ihre Lippen. Ich will jetzt gehen, sagte sie, ich will endlich deinen Schwanz in mir drin spüren, come on you bad boy, do it to me. Sie schob mir ihre Zunge in den Mund, einmal schnell rein und raus.

– Ich will jetzt gehen und in deinem Bett mit dir Liebe machen. Jetzt sofort.

Und das machten wir, zerrten uns raus, ohne auf irgendwas oder irgendwen zu achten und lagen keine zehn Minuten später bei mir auf dem Bett, ich nackt und sie nackt bis auf die Bluse, und als ich sie ihr aufknöpfen wollte, nahm sie meine Hände weg und sagte, ich sollte endlich zu ihr kommen, sie könnte es nicht mehr aushalten, und dann spürte sie meinen Schwanz und ihre Augen machten klick. Einen Moment lang hatte ich Angst, daß sie nach oben verdreht bleiben könnten, aber sie klickten gleich wieder in die normale Position, und als sie ein paar Sekunden später wieder wegklickten und dann wieder, hörte ich auf, es zu beobachten, es war eben eine Reaktion mehr auf guten Sex, ganz klar, und als wir uns drehten und Liz oben war, streichelte ich ihre Brüste und wollte diese verdammte Bluse endlich wegmachen, aber sie packte meine Arme und drückte sie aufs Bett, lachte, stöhnte, setzte sich aufrecht hin, und auf einen Ruck zerriß ich ihr die Bluse. Bevor ich was sehen konnte, saß Liz am anderen Bettende, hielt den Fetzen mit beiden Händen zusammen und schaute mich wütend an.

– Ich kann's nicht ausstehen, wenn man mich beim Ficken unterbricht!

– Ich auch nicht, Liz.

– Und ich kann's auch nicht ausstehen, wenn man mir dauernd am Busen herumtatscht!

– Ich bin verrückt auf Busen, Liz.

– Mir sind Männer lieber, die nach meiner Möse verrückt sind.

Ich mußte lachen, weil sie es so wütend und ernsthaft sagte, obwohl wir nackt und vor Sex außer Atem waren, und ich sagte: Das bin ich sowieso, oder hast du das nicht gemerkt?

– Sowieso, ja!? Möse, Titten, sowieso.

– Was hast du da für eine Tätowierung drauf, Liz?

Klick.

– Keine. Du spinnst wohl.

Klick.

– Komm schon, Liz, du übertreibst es langsam wirklich. Was glaubst du, was ich in meinem Leben schon für Schwachsinn gemacht habe, das geht wirklich auf keine Kuhhaut. Aber was soll's. Dann ist es eben ein Häschen oder ein Totenkopf oder That's Rock & Roll oder sonst ein

Blödsinn. Zeig's mir, Liz, ich will's endlich küssen.

– Idiot.

– Was hast du da?

Sie brüllte irgendein kurzes Wort. Sie richtete sich auf und legte die Hände nach hinten und weinte und drehte den Kopf weg und ließ es mich sehen. Es war eine Tätowierung. 2 Schnitte an der Unterseite ihrer Brüste. 2 hellblau schimmernde Halbkreise. 2 breite und häßliche Narben.

Der Arzt mußte gleichzeitig besoffen und blind und eine Niete gewesen sein, und ich fragte sie, warum dieser Idiot an ihr herumgeschnitten hatte, aber ich verstand nichts von dem, was sie mir sagen wollte. Wir hockten dumm herum und tranken 2 Flaschen Rotwein. Liz redete, bis sie ihr den Rest gegeben hatten, und irgendwann war sie in meinem Arm eingeschlafen, 25 Jahre alt, seit drei Jahren der Busen zerschnitten. Es hatte eine Schönheitsoperation sein sollen. Ihr Busen vorher war so groß gewesen, daß er ihr schon mit 18 bis zum Bauchnabel gehangen hatte, wörtlich, und sie hatte diese blöden Dinger noch nie leiden können und dann sagte die Mutter Aus Amen Ende und schickte sie ins Krankenhaus. Die Mutter war ihr aber schon lange vorher auf die Nerven gegangen, und jetzt war sie schuld, aber eigentlich war sie ganz in Ordnung und Liz lebte immer noch mit ihr im Haus und mit dem etwas älteren Bruder, der Klavier und Violine studierte und schon ziemlich erfolgreich war. Die Mutter war Schneiderin an der Oper. Der Vater war Architekt. Liz war 16, als sie sich trennten. Der Vater war das letzte Arschloch. Liz hatte mehrere Schulen abgebrochen und Lehrstellen hingeschmissen, sie hatte 2 Selbstmordversuche und eine Abtreibung und einen echten Pornofilm hinter sich, außerdem Gin und hatte alle Drogen mehr oder weniger lang benutzt, die man bei uns kriegen kann und die sie auch in Bombay und New York und Amsterdam bekommen hatte, aber als sie mir diese ganze beschissene Müllhalde erzählte, hatte sie einmal sogar lächeln müssen, das Lächeln aus einer Welt, die ganz allein ihre war. Sie hatte das Geld für das Klavierstudium in New York fast zusammen, Blues in New York, Bluesklavier lernen in New York City, denn den Blues, den sie hier spielten, den konnten sie sich in den Arsch schieben, und ich sagte You'll gonna make it, Baby, obwohl ich wußte, daß sie keine Chance hatte, denn wenn Max sie manchmal an sein Klavier ranließ, an das sonst nie jemand randurfte, wenn sie es mal wieder schaffte, Max breitzuschlagen, dann hörte man zwar, daß sie ein paar 100 Klavierstunden gehabt hatte, aber auch, daß sie einfach nicht spielen konnte, jeder konnte es hören, der ein Moped von einem Schlagzeug unterscheiden konnte, jeder, nur sie selber nicht, nicht Liz, und als es draußen schon hell war, hatte ich den trüben Gedanken, daß das unser aller Schicksal war, von uns Klavierspielern und Dichtern, daß wir es selber nie richtig hören konnten, immer nur das im eigenen Kopf eben, und daß wir es drauf hatten, das hörten wir, und wenn die anderen das auch glaubten, dann hatten wir Glück gehabt, und wenn sie was anderes glaubten, dann war's auch egal, denn wie sollten sie das jemals hören können, was wir hören.

Es war Tag, Nacht, Tag, Nacht, und als sie am Vormittag des dritten Tags ging, hatte ich ihre Geschichte so in mir drin wie sie ein paar Kubikzentimeter mehr von irgendeiner Flüssigkeit. Ich küßte sie auf die Wange und war froh, daß sie sich schnell umdrehte und wegging, daß ich allein war und daß es vorbei war.

Am Nachmittag rief sie mich an, von einer Autobahnraststätte, sie war mit einem Freund auf dem Weg nach

Portugal für eine Woche, es hatte sich so ergeben. Ich sagte: Schön. Und ich sagte: Hör zu, Liz, ich will nicht, daß du dir was vormachst — wir haben keine Beziehung oder sowas, ich muß allein sein, unabhängig, frei, verstehst du?

– Sicher.

– Das hat nichts mit deinem Busen zu tun, Liz, das kannst du mir glauben, die meisten Frauen träumen von so einer Idealform, vergiß diese Narben, das kümmert keinen einzigen Mann auf der Welt, glaub mir, außer vielleicht irgendwelche Idioten von Playboyfotografen, also vergiß es. Ich will einfach nur total frei sein, verstehst du?

– Mir geht's genauso. Ich muß dir auch was sagen. Ich bin schon die ganze Zeit in diesen Typen verliebt. Sei mir nicht böse.

– Bin ich nicht. Mach's gut.

Aber als sie eine Woche später um 11 herum zu Max reinkam, hatte sie es nicht gut gemacht, und der Langhaarige und der Rest der Welt auch nicht. Max fragte sie natürlich trotzdem, wie's gewesen war, und sie sagte: Beschissen. Sie sagte das Wort vor sich hin, bis Gin Tonic kam.

Ich saß weit von ihr weg, aber sie konnte mich sehen. Neben mir saß Natalie. Sie hatte allein da gesessen und ich war dazugekommen, und wir hatten uns so gut unterhalten, daß uns keiner gestört hatte, und links und rechts von uns war viel Platz. Natalie hatte über die Abenteuer aus meiner Zeit als Polizeireporter viel gelacht und wir hatten auch schon über rasierte Achselhöhlen und solche Sachen geredet. Der Teufel sollte mich holen, wenn ich mir da was vormachte. Aber als ich Max fragen hörte, wie's gewesen war, schaute ich auf und sah, daß sich Liz schon ein Bild von uns gemacht hatte. Sie trank die 0,2 Liter Gin Tonic auf einen Zug aus und bestellte den nächsten, den Max sicher noch vorsichtiger mischte. Liz winkte mir zu und ich winkte zurück. Wir waren jetzt gute Freunde.

– Was findet ihr eigentlich alle an Liz, außer daß sie mit jedem ins Bett geht? fragte Natalie.

– Ich find sie einfach ganz nett, ich kann sie gut leiden.

– Das hat man gesehen.

– Tja.

Wir redeten nicht so laut, daß Liz uns hätte hören können. Ich stieg wieder um auf lustigere Themen. Wir hatten einen spannenden Flirt, den man fortsetzen mußte, und Natalie und ich konnten es wirklich gut miteinander.

Bis Liz durchdrehte.

Es fing damit an, daß sie Max anschrie, er soll diese beschissene Scheißhure endlich rauswerfen, und auf einen Ruck hatte sie dann ihr T-Shirt runter und hob mit den Händen ihre Brüste hoch, damit jeder die Narben besonders gut sehen konnte, und schrie, daß diese Scheißhure bestimmt keine so schöne Tätowierung auf ihren kleinen beschissenen Titten hätte, und dann nahm sie das nächste Glas Bier und kippte es sich über den Kopf, und das alles war so schnell gegangen, daß keiner was tun konnte.

– Verschwindet! schrie Max Natalie und mich an.

Ich zog sie nach draußen, sie zitterte vor Wut und Schrecken. Sie schüttelte nur den Kopf, als ich sie fragte, ob ich sie nach Hause begleiten sollte. Sie rannte sofort weg.

Den nächsten Tag setzte ich mich 9 Stunden ins Taxi. Es war kurz nach 7, als ich bei Max reinging. Ein paar andere waren noch schneller gewesen. Es waren die Gäste, die kamen, wenn er gerade die Tür aufgesperrt hatte, und meistens bald wieder gingen, wenn sie das Zeug aus der Mikrowelle gegessen hatten. Es gab noch keine Musik. Sie brauchten ihre Hörgeräte gar nicht erst rauszuholen.

– Es war meine Schuld, Max, ich weiß, aber ich hab einfach nicht damit gerechnet, ich war mir sicher, daß Liz es kapiert hat, ich schwör's dir. Ich wollte ihr nicht wehtun.

– Vergiß es, Franzmann, sagte er, während er anfing, mir ein Bier zu zapfen. Es ist nicht deine Schuld, also laß mich zufrieden damit.

– Max?

Er schaute mich nur kurz an. Er hatte keine Lust, irgendwas gefragt zu werden oder erzählt zu bekommen.

– Du bist ihr Vater, stimmt's?

– Nicht schlecht, Franzmann.

– Scheiße.

– Ich bin ihr Onkel. Liz ist die Tochter von meiner Schwester. Das ist alles.

Er stellte mir mein Bier hin. Bevor ich den ersten Schluck machen konnte, knallte er seine Faust auf das Holz vor ihm. Er schaute sich in seiner Kneipe um und hatte feuchte Augen.

– Scheißleben, sagte er leise. Scheißleben, Scheißweiber, Scheißsauferei.

Und dann ging er einmal um seinen Regalturm herum und zählte seine Gäste. Wir waren 5 und ich, die ihn schreien hörten.

– Lokalrunde!

Ich kann nur für mich sprechen: Ich habe es nie einem erzählt. Und erst als ich draußen war, fiel mir ein, daß ich ja noch mit 75 auf seinem Block stand. Das ist das Gute an diesen kleinen Geldschulden. Sind nicht schwer zu begleichen. Auch wenn es 10 Jahre und wahrscheinlich nochmal zehn dauert.

– Was ist denn hier los, Max, seit wann hast du dieses komische Zeug herumstehen!?

– Bist auch nicht jünger geworden, Franzmann.

– Gib mir trotzdem ein Helles.

– Und, wie läuft's an der Dichtungsfront?

– Naja, du weißt ja, wie's ist. Ich hab dir sogar was mitgebracht, Max, kannst dir bei Gelegenheit vorlesen lassen.

– Gott schütze dich!

Dich auch.

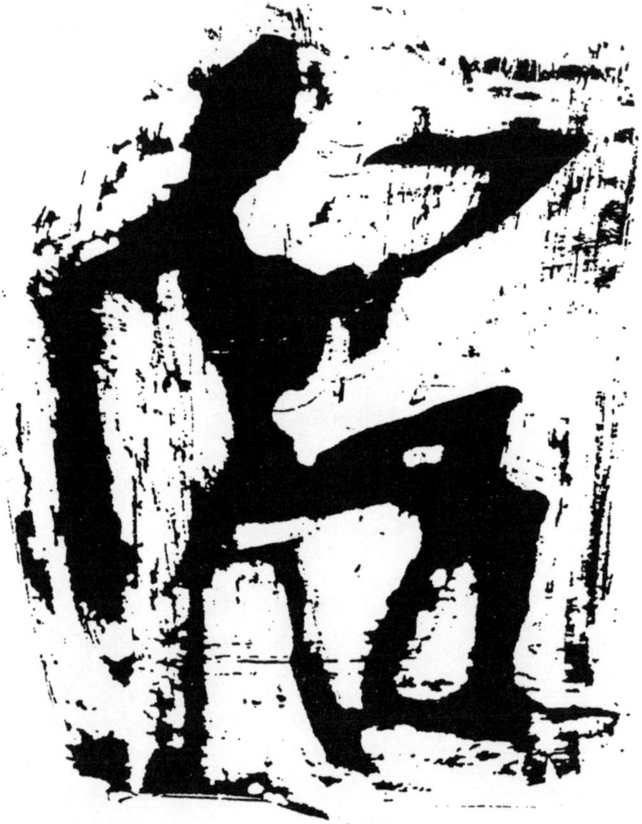

ALLEINGANG

meinen Verlegern gewidmet

– Europa ist durch die politischen Veränderungen seit 1989 größer geworden. Erweitert das Ihren literarischen Spielraum?[1]

Mein Vater hat schon immer zu mir gesagt, noch zu Zeiten, als ich vor Begeisterung in die Luft gegangen wäre, wenn mir jemand vorausgesagt hätte, daß ich am 21.10.91 der neue Vorsitzende der SAF sein werde, Besetzer also des ehrenvollsten politischen Amts, das ein deutschsprachiger Schriftsteller erreichen kann, eine Ehre, auf die ich allerdings gern verzichten würde, denn ich habe sie nur, weil der Gründer und langjährige Vorsitzende[2] der Schriftsteller Armee Fraktion, Michael Koppelstetter, Ende Juli '91, nach Einnahme einer Überdosis Heroin verreckt ist, die Uraufführung seines Spielfilms *Selbstdarstellung eines Schweins* am 20.10.91 in Augsburg also nicht mehr erleben konnte, und ich nicht seine große Überraschung über mein Kommen und die Tatsache, daß ich mit meiner Familie dieses Scheißmünchen schon zwei

1 Die Fragen wurden von der Zeitschrift *Neue Rundschau* Schriftstellern der Jahrgänge 1950—1966 gestellt („Es geht um die in den letzten Jahren häufig von verschiedenen Kritikern vorgebrachten Vorwürfe, die jüngere deutschsprachige Literatur sei weltabgewandt, in sich versponnen, ichsüchtig und vor allem: unpolitisch"), die Antworten in Heft 2/92 abgedruckt.

2 und einziges Mitglied.

Monate vorher verlassen hatte und jetzt nur eine halbe Zigarettenlänge von diesem Kino entfernt lebte, verflucht, wenn man sich tagelang darauf freut, was ein anderer für Augen machen wird, verflucht, ich hatte mich gefreut, ihn wieder mal zu treffen, gefreut auf den Film, an dem er jahrelang herumgebastelt hat,[3] ein großartiger Abend wird das, sagte ich zu meiner Frau, schade, daß ich nicht dabeisein kann, sagte sie, und dann geh ich zur Kinotür rein und dann krieg ich die Nachricht von seinem Tod.

Aber der Film ist so gut, daß wir immer wieder alles andere vergaßen und lachten, lachten, lachten, verflucht, daß man beim Arbeiten keine Musik hört, das hat mein Vater immer zu mir gesagt, und die Mutter von Koppelstetter, von der er nie recht losgekommen ist, was er mit brachialer Gewalt und Komik im Film zeigt, die hat das sicher auch zu ihm gesagt, aber unsere Arbeit ist ja keine Arbeit, sonst würde sie uns frei machen, und jetzt kracht die 77er *Hard Again* von Muddy Waters mit James Cotton, Pine Top

3 Fünf Jahre zuvor schon hatte er im kahlen Kellerraum eines Münchner Plüsch-Polit-Kabaretts eine Szene vorgeführt (er sitzt in einem großen Haufen stehender Bierflaschen, die sich zu seinem Schreck plötzlich in dreckige Unterhosen verwandeln), außerdem aus einem Cassettenrecorder Lieder, die er mit einem Zweispur aufgenommen hatte, Rhythmusmaschine, Melodika und Gesang, Rap in Deutsch, Bestandteile einer Show a.k.a. Lesung, die er jederzeit unterbrach, wenn ihm eine Erklärung oder Ergänzung oder Frage oder sonstwas einfiel, oder um eine Flasche aus dem mitgebrachten Kasten Bier ins Publikum zu verkaufen. Etwa gegen Ende der Vorstellung, was man bei ihm aber nie so genau vorhersehen konnte, platzte die adrette Theaterleiterin herein, exakt in dem Moment, als Koppelstetter, wegen einer Herumstöpselei und nicht mehr ganz nüchtern, von der niedrigen Bühne gestolpert war und auf dem Boden lag. Dazu der Qualm und die Bierflaschen — das ist doch keine Aufwärmstube! schrie sie und erklärte den Abend für beendet, der dann in der Bier- und Branntweinschänke erst richtig anfing. Diese Unverschämtheit juckte ihn nicht, aber er machte sich riesige Vorwürfe, weil er dachte, als Veranstalter würde ich wegen ihm Ärger bekommen.

Perkins, Bob Margolin, Charles Calmese, Big Eyes Smith und Johnny Winter gegen meine Rückseite, sodaß ich die Frage kaum verstehen kann. Zum Glück als Stütze die Position der Schriftsteller Armee Fraktion: Die Anschauung, Europa könnte durch die politischen Veränderungen seit zwei Jahren „größer geworden" sein, ist strikt abzulehnen. Der literarische Spielraum aber kann von Nichts und Niemandem erweitert werden. Denn er ist unendlich.

– Wie und in welchem Umfang recherchieren Sie, worüber Sie schreiben?

Die Schriftsteller aus der SAF tun das wie der Teufel. Gerade Koppelstetter, der hat sich genau da reingeworfen, mit einer Wucht, diese Videobomben, deren Aufnahmen wir während des Golfkriegs bewundern konnten, solche Dinger hat der praktisch auf sich selbst abgefeuert, die Ergebnisse dann aber mit Slapstick versetzt, nicht um sie leichter konsumierbar zu machen, vielleicht um zu überleben, oder weil das eben die Art war von diesem „schrecklich liebenswerten Egomanen", wie ich ihn in einem Buchbeitrag genannt habe, ich schäme mich, das Buch zu nennen, ja, ich habe mich aus Geldgier an einem Verbrechen beteiligt, ich glaube 86[4], ich habe keine Lust, das zu recherchieren. Außerdem hatte ich dort über ihn geschrieben: „Er gehört zu den wenigen Schriftstellern, deren Texte durch öffentliches Auftreten stärker werden; bedingt durch Alkohol." Worauf dann die Redakteure des Buchs zu denken anfingen, Stunden schwitz grübel, bis ihnen als Zeile unter das Foto einfiel: „Ohne Weißbier geht nix."

4 Ekelhafte, allerdings unverhüllte Koketterie („Mensch, hab soviel Zeugs geschrieben, kann mich kaum an dieses blöde Stadtbuch erinnern").

Das sind die Auskenner, die flotten Jungs, die sich dann die *Süddeutsche Zeitung* als Führungskraftnachwuchs herangezogen hat, ich aber sage Euch, sollte die Schriftsteller Armee Fraktion jemals ein Büro haben, die dürften dann nichtmal die Papierkörbe ausleeren, und wenn die in unserem Büro aufgekreuzt wären, damals, vorgestern, und gesagt hätten Hallo, wir schreiben für die SZ, Mann, kapito, SZ!!!, dann werden wir doch wohl für eure SAF-Nachrichten, wo steht denn das Fax, Wahnsinn, vollhart!, haben kein Fax, hähä blabla, dann hätte Koppelstetter die angegrinst, und dann hätte er sein todernstes ÄÄÄCHT??!! rausgelassen.

ÄÄÄCHT FÜR DIE SÜDDEUTSCHE?!

Und dann hätte er rübergerufen zu mir in den Archivraum, wo ich mit der Sekretärin grade was am Suchen gewesen wäre, DOBLAA GEH HER DOBLAA JETZT KOMM HALT HERRSCHAFT WEISST WER DA IST WEISST ES NICHTS WEISST DIE KAISERS SIND DA DIE JUNGS VOM KAISER JOE VERSTÄHHST JETZT HABEN WIR ENDLICH ÄÄÄCHTE RECHERCHIERER MOMENT DIE HERREN GELL EINEN MOMENT KÖNNENS DOCH WARTEN DER KOMMT GLEICH SOSO JAJA DIE SZ NEHMENS PLATZ EINEN MOMENT.

So was von höflich war der nämlich. Und dann wäre ich endlich rübergekommen, und er hätte mich gefragt, was ich denn meinen würde, ob die Kaisers denn auch reinkönnten, in die SAF. Und ich hätte ja gesagt. Denn in Gedanken hätte ich den Beitrag verzehnfacht, an die leere Kasse gedacht und gedacht ist doch sowieso alles scheißegal, dann lassen wir sie halt die Pop-Ecke machen. Aber der Spaß wäre Koppelstetter doch zu weit gegangen. Hätte er die Pop-Ecke lieber selber gemacht. Tatsächlich kümmerte er sich um die praktische Seite unseres

Gewerbes kaum. Veröffentlichen. Vier Monate vor seinem Tod traf ich ihn seit längerem wieder und fragte ihn, ob er für unsere Zeitschrift[5] nicht was rüberschieben könnte. Das Ding gefiel ihm, er wollte was schicken. Kam aber nichts. Er war natürlich schon wieder am Recherchieren, er war nämlich ein wirklich exzessiver Rechercheirer. Für seinen 87-Minuten-Film *Selbstdarstellung eines Schweins*, natürlich alles im Alleingang, immer alles im Alleingang, hatte er über 25 Jahre recherchiert, ehe dann der Film nach dem Roman *Geschlossene Symbolik* fertig war. Und für die anderen Romane und Essays waren die Recherchen sicher nicht kürzer.[6]

Dieses verfluchte Recherchieren. Ich bin doch auch so ein Arschloch. Das muß das Schicksal aller Schriftsteller aus der SAF sein. Für mein letztes Buch habe ich 31 Jahre recherchiert, verflucht, ich will es endlich auch mal etwas ruhiger haben, Beine auf den Tisch legen und dann paar Zeilen in die Maschine tippen, ein Detektiv, der am 22.11.91 seine 38er in einem Koblenzer Nachtlokal zieht, ein 42jähriger Chemiker aus Rostock, der seine Ex-Geliebte aus USA trifft, die über die Mauer, verflucht, ich zwei Wochen Urlaub in Rostock, paar Straßen aufschreiben, pipapo, reden mit Taxifahrern und so, und los geht's, verflucht, da hat der Hahn noch keine dreimal gekräht und dann liegt da ein Schmöker mit 500 Seiten.

Nein, ich habe den Traum, die Sehnsucht nach einer echten Recherche. Seit Jahren will ich wissen, was aus dem Schriftsteller Hans Frick geworden ist, dessen Bücher ich

5 *Ziegelbrennen*, Mitherausgeber Thomas Palzer.

6 Aber ich schaffs ums Verrecken nicht, seine Art Literatur mit einem dieser prägnanten Sätze zu beschreiben, klingt alles blöd, z.B. für ihn war Schreiben eine Achterbahnfahrt mit Sprache, und in jeder Kurve wurde die Story erstmal aus dem Wagen geschleudert.

so gern mag.[7] Zehn Anrufe, maximal. Und seit Jahren habe ich Angst davor, es zu tun und herauszufinden. Vor ein paar Monaten in Frankfurt, da hatte ich den Mut und wählte die Nummer von einem Freund von ihm, Emil Mangelsdorff, der Musiker. Keiner da. Am nächsten Tag war der Mut wieder weg. Aber morgen, morgen werde ich eins, nein alle diese Beilagen-Magazine anrufen, und dann verpassen die mir einen dieser Vollidiotenfotografen und dann donnern wir los, alles egal, ich bin mal wieder pleite, und ein Foto von der Gosse, in der er verreckt ist, das ist das mindeste, was wir mitbringen werden.[8]

Aber, verflucht, was war da los mit dieser Überdosis Scheißheroin, hat Koppelstetter gewußt, was er tut? Ich weiß es nicht oder noch nicht oder will's nicht wissen.

– Ihr letztes Buch war sehr erfolgreich. Man bietet Ihnen an, eine Titelgeschichte für das maßgebliche Nachrichtenmagazin zu schreiben. Welches Thema wählen Sie?

Also gut, keine Witze. Vermutlich würde ich am liebsten 20 absolut leere Seiten bringen, aber das würde nicht durchgehen. Und sie wären nicht so blöd gewesen, mir einen Vertrag zu geben, der mir, bei voller Honorarzahlung, genau dazu das Recht gegeben hätte. Also, keine Wahl, natürlich: Geschichte, Texte, Wirkung und Zukunft der

7 Ein ganz falscher Eindruck entsteht hier, als könnte man eins seiner Werke aus dem Regal nehmen und sich einen netten Abend damit machen, schmökern und so, im Gegenteil, ich kenne nichts, was eine so unangenehme Wirkung auf mich hat wie diese „Fortschreibungen einer Apokalypse des Grauens" (Norbert Schachtsiek-Freitag). Frick, 1930 geboren, veröffentlichte u.a. *Tagebuch einer Entziehung* und zuletzt 1980 den Roman *Die Flucht nach Casablanca*, die Geschichte eines ehemaligen Boxers, der vergeblich gegen seine Alkoholsucht ankämpft. Von seinen zehn Büchern ist heute keins mehr auf dem Markt.

8 Wir werden dieses romantische Foto nicht mitbringen. Hans Frick lebt, seit zehn Jahren in Spanien.

SAF. Mit Fotos von Bergziegen, ohne Interview mit Biermann.

Am Anfang Sätze von Koppelstetter: „Ein wahrer Schriftsteller hat politisch unschamhafte Gedanken, die verbal ausgedrückt hierzulande verboten wären, ja, verboten sind; sein Idealismus brüllt förmlich nach Widerstand, schreit nach moralischer Unterstützung derjenigen, die ihn gar nicht kennen können, weil er sie ja schon nicht kennt, diejenigen, die mit Tat das leisten, was er ja nicht mal durch Rat, geschweige denn Literatur, zustande bringt ..." Aus einem jetzt wiedergefundenen Beitrag für ein Programmheft. Poststempel auf dem Umschlag: 21.10.86. Beiliegend ein kurzer Brief: „Ich bin jetzt für einige Tage in Berlin."

Aber ehrlich, sollte ein Buch von mir so erfolgreich sein, den Dreck würde ich tun für so ein maßgebliches Nachrichtenmagazin. Ich würde einen kräftigen Scheck an *Die Aktion* schicken, und dann würde ich mich mit meiner Frau und unserer kleinen Tochter aus Deutschland verpissen, für eine zeitlang.

– Sie werden (Beispiel: Vaclav Havel) in das entscheidende politische Amt des Landes gewählt. Was ist Ihre erste Amtshandlung?

Militärparaden abnehmen, was dachten Sie denn? Ich erlaube mir noch hinzuzufügen, was meine erste Amtshandlung als neuer Vorsitzender der SAF gewesen ist: Ich bin aus dem Schriftstellerverband innerhalb der IG Medien ausgetreten[9] (Mitglieds-Nr. 9950029901). Beides geht nicht. Und wieder ein Jugendtraum geplatzt. Aber ich wollte schon länger da raus, immer nur zu faul gewesen. Was soll ich in einem Schriftstellerverband, der den

9 Ohne daß die Zusendung der Mitgliederzeitschrift eingestellt worden wäre.

Innenminister zum Schirmherrn und Redner seiner Jahresversammlung macht? Die SAF versteht da keinen Spaß.

Ich wünschte, ich wäre nicht die SAF. Ich wünschte, ich würde nur einen kennen, der die Schriftsteller Armee Fraktion ist. Ich wünschte, ich hätte ihn getroffen, und dann gesagt, heda, wie steht's denn mit der SAF?

JA MEI DIE SAF GELL PASST SCHON ALLES IN ORDNUNG HALT IMMER ALLES IM ALLEINGANG.